U0037994

談情說愛，古人超有哏

10堂文學家瘋傳的愛情課

宋怡慧 著

推薦序 曾經發生過的愛都是真的

華語首席故事教練 許榮哲

說到愛情故事，我腦海裡第一個跳出來的是大陸《羅輯思維》羅振宇講上海黑幫教父杜月笙的一個小段子。當年，杜月笙暗戀京劇名角孟小冬，但當時她和梅蘭芳在一塊。做為黑幫教父，杜月笙採取的手段不是「欺男霸女」，而是默默等了十年，直到孟小冬和梅蘭芳分手，他才得以和心愛的女人廝守終身。

關於黑幫教父的愛情，杜月笙給出的是一個「備胎」加上「暖男」的故事。

正是備胎、暖男，這兩個接地氣，又矛盾的詞，讓刻板化的杜月笙，重新活了起來。

怡慧的新書《談情說愛，古人超有哏》，用網紅的語言把古人的愛情鮮活了起來，跟羅振宇一樣，起了驚人的化學反應。

不只如此，我更喜歡的是書裡提出的思索，以及扣問。

例如誰是元稹？

簡單一句話說完——就是倡導新樂府詩，和白居易合稱「元白」的中唐詩人。

這是我以前在教科書裡學到的，百分之百正確，但對我的人生而言，毫無意義。

元稹真是個無聊透頂的人啊！

那時的我是這麼想的，不只元稹，百分之九十九的古人都無聊透頂，李白是少數的例外。

直到看了《談情說愛，古人超有哏》，我才完全改觀。天啊，古人超有哏。

讓我們重來一遍，誰是元稹？

詩人元稹先愛上自家表妹崔雙文；後來為了出人頭地，娶了大官的女兒韋叢；然而妻子一死，隨即勾搭上大他十一歲，蜀中名妓，同時也是唐朝四大女詩人之一的薛濤；兩人愛得轟轟烈烈，然而只維持了三個月，因為女方的身分，對男方的前途大不利；後來元稹轉而跟劉采春有一段情。誰是劉采春？她也是唐朝四大女詩人之一。

唐朝四大女詩人，總共也才四位，就有兩位愛上元稹，然而結局大不同，薛濤終生未嫁，走上出家之路，至於劉采春則投河自盡。

呼，元稹是個不折不扣的超級大渣男。

誰是元稹？

我個人以為世上最深情的兩首詩詞，分別是「十年生死兩茫茫，不思量，自難忘」，以及「曾經滄海難為水，除卻巫山不是雲」。前者是蘇軾紀念亡妻所寫，後者的作者就是詩人元稹。

元稹悼念的對象也是他的妻子，就是前面提到的大官的女兒，然而悼念完妻子，元稹隨即勾搭上大他十一歲，蜀中名妓薛濤。

呼呼，元稹的才華和無恥，程度同樣爆表。

誰是元稹？

元稹不只寫詩，還寫傳奇故事，這一寫還寫成了六才子書（《莊子》、《離騷》、《史記》、《杜詩》、《水滸傳》、《西廂記》）。

號稱中國史上，成就最高、影響最大的愛情故事《西廂記》，故事原型來自唐傳奇〈鶯鶯傳〉，作者就是元稹。

讓人詫異的是〈鶯鶯傳〉並不是虛構的故事，而是作者元稹和他的初戀表妹崔雙文之間的愛情故事。

還有更令人詫異的嗎？還真的有！

〈鶯鶯傳〉裡的主人翁張生是個徹徹底底的渣男，為了功名對女主角崔鶯鶯始亂終棄，然而矛盾的是主人翁先是說鶯鶯的壞話，最後卻念念不忘地想見已經嫁人的鶯鶯一面。

呼呼呼，這實在太矛盾了，怎麼會有人如此真實地寫出自己的渣？這是懺情錄嗎？

看著書裡元稹的故事，我也矛盾了起來，元稹究竟是個什麼樣的人？

我喜歡怡慧的說法，乍看她把元稹定位在渣男，但她最後提出如下的扣問：「海枯石爛只是他（元稹）慣說的謊言，還是在心中無法實現的美夢？

為何每樁郎有情、妾有意的美好姻緣，在元稹的生命系譜裡，最後總是荒腔走板、落得始亂終棄的下場？」

怡慧的反覆扣問，讓我有機會重新認識以前被我錯過的作家，例如元稹。

做為一個凡人，我討厭元稹。

但做為一個作家，我理解元稹。

作家常常活在兩個世界裡，一個是絢爛淒美的幻想世界，一個是現實生活的無能者。然而悲劇的是他們沒有切換鍵，無法一次活一個世界，他們的現實與幻想混在一塊兒，同時存在，而且都無比真實。

我相信崔雙文、韋叢、薛濤、劉采春，這四個美好的名字都是元稹的最愛。曾經發生過的愛都是真的，只是難以證明，因為轉身離去更為真實，而且無需證明。

推薦序

姐是被國文科所耽誤的愛情諮商師

中央大學歷史研究所副教授兼所長　蔣竹山

沒錯，宋怡慧老師又出新書了。

這一回不談文學潮牌，而是古代文人的愛情。

繼過往的閱讀推廣、超譯文人、星讀物語的書寫特色之後，怡慧在這本新書中再度讓我們看到她的文學閱讀新創意，透過古代文人幫學子解決愛情疑難雜症，看完全書，感覺她根本是位被國文所耽誤的心理諮商師。

十封當代學生的來信，十個愛情問題，怡慧的「愛情慧課室」透過十位古人的事蹟與作品，間接回答了這些看似虛擬又很真實的愛情課題。這些問題不見得是她身邊學生的真實故事，但卻是你我求學過程會遇到的愛情難題。

從三個地方可以看出整本書的書寫巧思與創意。

一、抓住時代的哏，用語生活化，接地氣：

怡慧老師不是住在象牙塔裡的老派國學女，對於社會脈動、年輕人的時代哏及用語掌握得相當清楚。她的文章不時會出現令人眼睛為之一亮的哏句。像是：「陸游喜歡在社交網站曬恩愛」、「連杜甫都甘願擔任他全球粉絲後援會的會長，傾畢生之深情跟隨他」、「花心的渣男，不只到處放電，還和好友搞曖昧」、「當愛情來敲門時」、「這不叫學霸，誰又敢自稱學霸」、「聽到大老闆森七七的反應」、「根本就不是玩政治的大咖呀！」、「北宋詞壇最火的『Ｆ４』天團有歐陽修、蘇軾、柳永、周邦彥」、「他選擇了許氏，就不怕酸民們的訕笑」、「後人常把李白列為詩人排行榜首席，李白的爆紅，來自他願意經營個人粉絲團，加上疼愛粉絲的貼心行徑，算是詩人界首屈一指的圈粉王」、「新聞在秦淮河畔上了當日頭版，還登上熱搜排行首榜」、「自古才子多風流，撩姐撩妹套路深」、「納蘭性德是清初的『女神收割機』，他不只高富帥，溫暖寡言的呆萌，正是魅力所在」。

又或如：「曹雪芹的祖父曹寅，是男神的同僚兼好友」、「他是自私博愛的外貌協會會長」、「女生不一定要長得漂亮，但是一定要活得漂亮」、「癡心男二的逆襲」、「到杭州的米其林三星餐廳吃了一頓飯」、「他籌組的文青快樂ＳＯＮＧ群組有晏殊、范仲淹、歐陽修、蘇軾等寫詞的大腕們」、「現實生活的元稹果真是渣男無極限」、「面對『中唐好聲音』的冠亞軍薛濤、劉采春」、「納蘭性德霸氣地向沈宛說出如韓劇男主的臺詞」、「柳詞深沉婉約的風格，膾炙人口的千古名句，不只被人改編成宋式爵士版、藍調版、R&B版」、「柳永在這個當紅女團可是群內的『真英雄』」、「沈復常以『老公視角』發文」、「他們在滄浪亭畔過著小確幸的日常」、「為什麼身為女性的祝英台必須『假扮男生來個GAP YEAR的遊學』哏呢」、「祝英台的扮相一點都不輸給韓劇《咖啡王子1號店》的高恩燦」、「圈到一票按小鈴鐺訂閱頻道的粉絲」、「為陳芸貼上『零負評女神』的封號」、「它堪稱宋代KTV點唱次數最多的十大金曲」。

二、心理學等各式理論，提供愛情難題解決之道：

怡慧不僅擅長用細膩的同理心超譯文學經典，而且會借用各種心理學等理論解答學生的各種愛情問題。像是：「心理大師薩提爾的冰山理論：改變是可能的，即使外在的改變有限，內在的改變還是可能的」；「看著價值觀與自己接近、喜歡的事物也很相似的人，開始產生『曝光效應』，接觸越久，越覺得兩人契合度高」。

又或是「施瓦茨價值觀量表」可測試五十七種價值觀；用系統化思考來破除先入

為主的盲點；「弗瑞爾模型」可提供聚焦分類的策略，幫妳分析「渣」的定義，找到渣男的特徵；透過「思維魚骨圖」，找到處理事情的策略；你們的休閒活動可以先做羅列，再利用「溫氏圖」進行分類。看完這些理論名詞，姐下回寫出一本文學裡的心理分析，我都不意外。

三、大師名言，豐富文章深度，提供人生方向：

怡慧不僅精讀各式中國文學經典，對於西方哲人格言與名著也如數家珍，我猜她的口袋裡有滿滿的名人金句。像是希臘哲學家亞里斯多德說：「人生價值觀體現一個人的價值和思想行為」；柏拉圖說：「人本來是雌雄同體的，終其一生，我們都在尋找缺失的那一半」；《小王子》說：「每個人都有自己的星星，只有你了解這些星星與眾不同的涵義」；泰戈爾曾說：「眼睛為她下著雨，心卻為她打著傘，這就是愛情。」

除了這些技巧的加成之外，這書之所以好看，最根本的還是怡慧文學底子深厚，透過這十位古人，講出一齣齣動人的愛情故事。以她的精闢見解，既解決了學子的愛情難題，也豐富了大家的文學閱讀。這麼用心的書，很值得推薦，讓我們一起跟著柳永、陸游、沈復、納蘭性德、李白、祝英台、元稹、李香君、牛郎織女、許仙的腳步，認識愛情。

自序　古人愛情煉金術——讓你秒懂愛、變神隊友

他喜歡我？他不喜歡我？我是要靠近一點？還是要退後一點？

愛情是如此玄妙又難言的情愫，它讓小日子變得天晴又繽紛，也讓小歲月頓時天崩又地裂。

我們總以為自己懂愛，卻常常在擁有的時候失去，我們總以為自己會愛，卻常常在天長地久時撤退。

《談情說愛，古人超有哏》讓你驚覺：即便，執手相看淚眼，生命因為有了你，才能在愛裡圓滿自己。關於古人華麗轉身的愛情，我們可能統統都猜錯。原來，真正的愛情不委屈、不求全，縮小他的缺點，放大他的優點，自然而然凝鍊生命的愛之溫柔與情之暖意，輕輕地對他訴說愛的真諦；淡淡地對他付出愛的代價。無論得到或失去，分離還是相依，放在心底思量惦念的身影，是一輩子永不凋零的記憶之花。

這本書簡單來看，可分為二輯。

輯一文人也情癡——文人的愛情世界到底是何種風貌？

柳永過客般的瀟灑愛情，看似無語凝噎卻是刻骨銘心，深駐情人兒的心底；陸游的曖昧讓唐琬受盡委屈，患得患失，對愛情不夠勇敢，讓相愛的回憶多已斑駁；納蘭性德希冀兩顆寂寞之心，以靈犀相應答，糾結虐心的誓言，縛己亦縛人；浪漫詩人李白大氣地提水說月，豪情地談酒論花，愛情彷若不能說的秘密；沈復對芸娘愛甜寵，從兩小無猜到執子之手，相愛沒有秘笈，唯有真心而已。

五位文人的愛情世界，彷若漫步校園就會邂逅的青春身影：為君獨憔悴者，背對背的擁抱者，愛得虛無縹緲陷入迷霧者，也有愛得不完美，卻從來不後悔者，更有愛出生命的純粹，擁有彼此就擁有全世界的心滿意足者。年輕的孩子獨嘗單戀的苦澀；共享熱戀的甜膩；面臨冷靜的反思；最後要認真經營，抉擇是否要分道揚鑣？抑或是攜手同行？

輯二小說也情真——小說家筆下的經典愛情篇章，讓我們看到愛情真誠的模樣為何？

〈牛郎與織女〉的鵲橋會像極了備受遠距離愛情煎熬的情侶，即便親愛的不在身邊，只要兩人情夠熱愛夠深，依舊能有愛下去的理由。〈梁祝化蝶〉的熱淚橋段像極了至死不渝的東方版羅密歐與茱麗葉，不放手的愛，框住相愛的時光，不負彼此捧心的山盟海誓。《白蛇傳》裡的心靈相契，白素貞與許仙像極穿越劇中突破禁忌與階級的愛侶，勇敢謳歌純美愛情的勇敢與堅毅，果然催淚又揪心。《桃花扇》侯方域和李香君與命運的困鬥，跋涉於聚散離合之際，面對國家大愛與自身小情的抉擇，愛與不愛，見與不見都是人生智慧。〈鶯鶯傳〉其實是想愛又不能好好愛的元稹，自我對話與力求救贖的書寫，渣男是不是也有一刻清醒的懊悔時光與真誠說聲抱歉的可能。

我是如此平凡的中學老師，卻自恃能當個堅定的教育提燈者：擔心青春年華不懂愛情的孩子們，失去好好愛一個人的機會，煩惱衝動如活火山的他們，會不自覺地傷人傷己，期待從十堂文學家瘋傳的愛情課裡，爬梳每個故事與愛情慧課室裡的年輕少男少女之間的關係，進行情緒對接與文字轉譯，讓他們窺見文學家對於愛情全貌的勾勒，避免自己的偏執與經驗侷限，讓他們失去尋到真愛的可能。

《談情說愛，古人超有哏》不作高深的典故考據與字詞句讀的鑽研，只盼望為年輕的生命分擔一點愛之愁緒，分潤文學家一寸愛之流光，體會愛情世界，一加一大於二的精采與快樂，即便分手之後，仍能留給彼此最後懷念的溫柔身影。

愛情不是能簡單論及或是輕鬆駕馭的議題，誰沒有領受過等待一個人咖啡的寂寞淒冷之情？誰沒有猶疑在愛與不愛的拉扯而錯過命定戀人？誰沒有深深愛著對方，卻有著說也說不出口的躊躇心緒？

無論是文人也情癡，抑或是小說也情真，課堂內那些泅泳在愛情漩渦、載浮載沉的孩子們，是不是能從古人愛情的文字餘光，得到一點智慧與啟發？是不是能避免愛與不愛之後，撕心裂肺的痛苦？期待能從中學生們常見的十種愛情問題，以愛情慧課室的形式，解孩子的生命之惑，開啟另類的思辨與對話，如果你仔細翻閱《談情說愛，古人超有哏》，男主、女主是不是像極孩子們正面對的看似繁複卻又簡單愛情世界的「形色男女」？

或許，站在這十位愛情巨人的肩上，你會有所懊悔，有所失落，有所頓悟，有所超越，甚至學會愛情的良善與慈悲。

如果，你學會古人愛情的煉金術，修煉完成愛情秘笈的真心不變，或許，你會是每個人都想要擁有的愛之神隊友——快樂的時候，有個人能與你擊掌擁抱；傷心的時候，有個人懂你的愁悶。當愛情能夠凝鍊而簡單到一個回眸，就能讓漂浪的靈魂悸動起來時，我想：此刻你也變身為讓後人瘋傳的愛情課潮男女吧！

目錄

輯一——文人也情癡——

輯二——小說也情真——

輯一　文人也情癡

想要愛得長久，除了喜歡還要經營？

——柳永愛情的美麗與哀愁

愛情慧課室

怡慧老師：

我是一位十八歲的高三男生，在求學過程中，曾和不少女生交往過，被同學私下評論為「花心王子」。有人說，我是因為愛情得來太過容易，而不懂珍惜。事實上，我從來沒有劈腿過，和每一任女友都是捧出真心、認真交往，愛正濃烈時，更是神魂顛倒，付出時間經營感情。我並非濫情或是對愛情不專一，只是，一旦愛的感覺消逝了，就只能瀟灑說再見，彼此走上分手一途，不是嗎？

我很疑惑，感情過了賞味期限，要如何才能維持情真，長長久久呢？

愛，讓我們重新認識自己

親愛的：

讓怡慧老師先猜一下：你是不是一個從小被女孩們捧在手心上的三高男（顏值高、智商高、身材高）呀？你是不是很會唱歌、跳舞，或是能言善道，讓女孩們情不自禁地喜歡上你？如果要認真給你一個頭銜，可以貼個「現代柳永」的標籤了。柳永是北宋時期的詞人，憑藉自己的才情，寫過很多短訊把妹，可說是北宋汴京城內受矚目的大眾情人。

面對一段情愛關係，有人抱持合則來、不合則去的心態。但是，與心儀的對象交往，是需要用心經營的，那是長期投資事業的概念，必須善於溝通、同等付出、學會珍惜，同時，不能一遇到挫折，就選擇開溜或放手。

戀愛初期，兩人會產生曖昧的情愫，到了熱戀期就是進入濃情蜜意的時刻，我相信你在這兩個時間都頗為得心應手。接下來的磨合期，也就是冷靜期，熱情會漸漸冷卻，必須面對兩人價值觀的不同，進行觀念的溝通交流。建議你可以運用同理心與自己的內在對話，進行彼此觀念的釐清，不要停滯在磨合期，讓兩人累積的摩擦導致相處平淡，彷若愛已不再，草草結束兩人的感情。

舉例來說：當你發現女朋友與你意見不合、感覺不再合拍時，請想想，為什麼最後會走向分手一途？

當兩人意見不合時，你若能用同理心思考，眼睛看到、耳朵聽到什麼？你會向對方說什麼，以及做什麼？你此刻內心的感受是什麼？相信透過具體地描述，可以釐清一下自己在磨合期遇到的具體困難，以及內心真正的想法。

同時，你也可以思考，當兩人意見不合時，你期待得到什麼？需要哪些支持？無論最後是否會走到分手的結局，你能否從中獲得成長或學習？面對觀點衝突，你會覺得痛苦、矛盾與挫折嗎？是什麼原因會造成你與對方相處時產生溝通障礙？從感情冷卻期到成熟期，正是你全面思考、深入洞察兩人感情與如何經營的關鍵時刻。

你可能覺得自己沒有腳踏兩條船，甚至認為主動提出分手，也不一定會傷害到誰，但怡慧老師還是希望你明白一件事：從盲目的浪漫到理性的相處，才是經營感情一生要學習的課題。希望這些方法能讓你擺脫花花公子的形象，變成一位讓女生放心把手交出的標準情人。

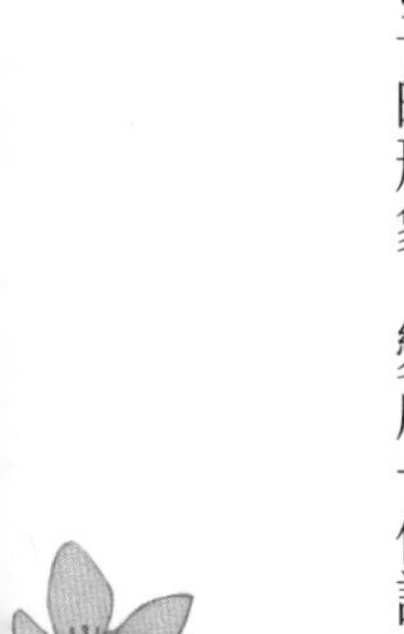

當感情進入穩定期之後，我們不只接受對方的缺點，也要能成為對方感情停泊的溫柔港灣。一旦彼此的心安定了，這段感情就更能細水長流，有機會走到花好月圓的結局。

北宋婉約派詞人柳永，是那個時代萬人追捧的風流才子，為何他的多情不能讓他擁有一個美麗的愛情結局呢？透過柳永的感情觀，我們又該如何思索愛情？面對旖旎的情愛，柳永愛情的美麗與哀愁，又有哪些值得我們學習或引以為戒的地方？

從才子到浪子

有個富爸爸，是每個人夢寐以求的事。北宋武夷山柳家是奉儒守官的書香門第，柳父承襲富養孩子的方式，希望兒子們知書達理，光耀門楣、考取功名。啣著金湯匙出生的柳家兄弟們，不只物質生活優渥，在文化、知識、傳統禮儀等方面也受到很好的薰陶，一如張思岩《詞林紀事》記載：「永字耆卿，初名三變……有兄三復、三接，皆工文，號柳氏三絕。」

柳永的哥哥們都是學霸人物，父親期待柳永延續溫文家風，有莊重的儀表，有溫和的性情，有威嚴的品格，如《論語．子張》提到的：「君子有三變：望之儼然，即之也溫，聽其言也厲。」

十九歲之前的柳永，舉止大方，進退有度，是大家眼中公認的乖乖牌、模範生。他不只考運亨通，還取得入京考進士的入場券。沒想到，到了杭州這個繁華的花花世界，他就像被放出籠子的鳥兒一般，開始天天出入秦樓楚館，接觸「競賭新聲」，整日沉溺於紙醉金迷的都市生活。迷途的柳永，不只讓家人感到傷心失望，還被保守衛道人士視為浪蕩之徒，有辱讀書人的身分與氣節。

流連在溫柔鄉的柳永與官宦仕途走遠了，自我放逐的他壓根忘記為什麼要離鄉背井的理由？更不知何時才能衣錦還鄉？只是，每當午夜夢迴時，內心還是會糾結一下：「究竟擁有心靈上真正的自由重要？還是做個讓家人驕傲的士子重要？到底是要戴上乖小孩的虛假面具走下去，還是下定決心為自己而活呢？」

這個問題，柳永問了自己一輩子，只可惜，終其此生，他仍沒有找到真正的答案。

在杭州玩樂了許久，柳永終於想起自己此行的目的——找爸爸的政商朋友孫何提攜自己的宦途。聽說他會替人引薦前路，是當時「喊水會結凍」的夯官——兩浙轉運使。柳永立馬寫信給孫何，連寫了數十封信，孫何不只未讀，也神隱似地未回。

柳永這時候也著急了，他急中生智地發揮敏捷的才學，寫下〈望海潮〉貼到士大夫們的公開社群，企圖吸引孫何的注意：

東南形勝，三吳都會，錢塘自古繁華。煙柳畫橋，風簾翠幕，參差十萬人家。雲樹繞堤沙。怒濤卷霜雪，天塹無涯。市列珠璣，戶盈羅綺競豪奢。

重湖疊巘清嘉。有三秋桂子，十里荷花。羌管弄晴，菱歌泛夜，嬉嬉釣叟蓮娃。千騎擁高牙。乘醉聽簫鼓，吟賞煙霞。異日圖將好景，歸去鳳池誇。

意思是：杭州地理位置重要，風景優美，也是三吳的都會，此地自古以來就十分繁華熱鬧。如煙霧般的柳樹，彩繪華美的橋梁，擋風的簾扉，翠綠的帳幕，高高低低的樓閣，約有十萬戶人家聚集於此。高聳入雲的大樹，環繞錢塘江的沙堤。澎湃的潮水捲起霜雪般潔白的浪花，廣袤的江面更是一望無際。市場陳列著琳琅滿目的珠玉珍寶，家家戶戶都存滿綾羅綢緞，爭相比較誰的生活華奢。裡湖、外湖與重重疊疊的山嶺，呈現清秀美麗的樣態。秋天桂花飄香，夏季十里荷花綻放。晴天歡快吹奏著羌笛，夜晚愉快划船採菱歌唱，釣魚的老翁、採蓮的姑娘個個笑逐顏開。千名騎兵簇擁巡察歸來的長官。在微醺中聽著簫鼓管弦，吟詩作詞，讚賞美麗的山光水色。他日把美好的景致細細描繪出來，等到回京升官時，好好向朝中的人們誇耀一番所見勝景。

這闋短短一百零七字的闋詞一貼出，留言區果真被群內給洗版了！詞評人還說：「這首神曲，音律協調，情致婉轉，一反柳永詞的風格。」人氣飆升的柳永一夕爆紅，甚至引起金國總統完顏亮前來留言按讚：「才子文字賦盡古錢塘的富庶美麗，猶如一幅從高處俯瞰的杭州全景畫」，「市列珠璣」、「戶盈羅綺」，讓他羨慕起宋人歲月靜好、現世安穩的生活，尤其是杭州繁榮壯麗的美景，更讓他有了想要入主中原的野心。

柳永的詞被關注、熱搜之後，轉載分享次數創下當代新高，但關鍵人物孫何卻無聲無息。到底是默默潛水給支持還是連按個讚的動機都沒有，這下讓柳永也慌了！究竟要如何做才能突破這個困窘之局呢？

於是他請了一位當紅歌手在孫何的宴會上不斷演唱這闋詞，就是要唱到孫何問起：「這是誰寫的詞？」

果不其然，被重磅歌手不斷傳唱的〈望海潮〉，最終引起孫何的回頭探問，孫何禮貌地邀請柳永和當紅歌手一起到杭州的米其林三星餐廳吃了一頓飯，隨意地閒聊兩、三個小時後，兩人的關係就像斷線的風箏，沒有訊息了！

皇帝不愛，柳永心裡苦而不說

宋仁宗是位洞曉音律的文青皇帝，他籌組的文青快樂SONG群組有晏殊、范仲淹、歐陽修、蘇軾等寫詞的大腕們。多次想要闖進群內的柳永，卻一直被仁宗封鎖拒於群外，無法獲得青睞。這是因為個性沉穩內斂的仁宗，看到作風自由奔放的柳永，脾性不同，怎麼看就是不喜歡，加上兩人行事風格迥異十分不對盤。

讓我們盤點一下仁宗身邊的好朋友關係圖吧！

他欣賞個性耿直無私的大直男包拯，敬重勤儉自持的臉癱男司馬光，支持勇於變法的霹靂男王安石，崇拜具有仁者風範的斯文男范仲淹，唯獨對柳永吊兒郎當、一副左右搖擺，要進群、不進群擺高姿態，仁宗心生冷感也反感。

兩人的過節看來也不止這些，柳永曾在科舉考試中失利過，衝動地寫過一首〈鶴沖天〉：

黃金榜上。偶失龍頭望。明代暫遺賢，如何向。未遂風雲便，爭不恣狂蕩。何須論得喪。才子詞人，自是白衣卿相。

煙花巷陌，依約丹青屏障。幸有意中人，堪尋訪。且恁偎紅翠，風流事、平生暢。青春都一餉。忍把浮名，換了淺斟低唱。

意思是：在金字題名的榜單上，我不過是偶然失去取得狀元的機會。即使在政治清明的時代，君王也會一時錯失賢能之才，今後我該怎麼辦呢？既然得不到好的機遇，何不隨心所欲地到處玩樂呢？何必為了一時的功名而患得患失？做一個風流才子，為歌姬譜寫好詞，即使身穿著白衣，也不輸給朝中的公卿將相。在歌姬居住的街巷裡，有間擺放丹青畫屏的繡房。幸運的是，裡面住著我的意中人，讓我一再探訪。與她們相互依偎，享受風流的生活，才是平生最大的快樂。青春只有片刻的時間。我寧願把功名換成手中淺淺的一杯酒，和耳畔低迴婉轉的歌聲。

或許是這闋詞傷了仁宗的玻璃心，讓仁宗顧不得形象，破口大罵：「柳永，你不只沒有大宋讀書人先天下而憂、後天下而樂的眼界，還敢隨便嗆聲，刺傷寡人愛才之心，既然你黑化我，你也別想我會重用你，想把功名換成杯酒和唱聲，我就讓你逍遙一輩子，永遠別想翻群到我的世界來！」

聽到大老闆「森七七」的反應，柳永嚇出一身冷汗，即便想要不斷示好求全，卻始終不得其門而入。或許，在仁宗心裡，柳永早就被貼上自負、叛逆的標籤，甚至對身邊人決絕地直說：我討厭那痞子。

有人說：時間是傷痕最好的解藥，柳永也認為時間一久，仁宗會忘記兩人的恩怨黑史。闖過進士這關後，柳永心中祈禱仁宗盡釋前嫌、朱筆圈點。這次，仁宗不但沒放手，甚至做得更絕情了，一看到柳永的名字上榜，一怒之下旁批：「且去淺斟低唱，何要浮名？」從榜單上狠狠地劃掉了柳永的名字。

看來，柳永只會傻傻地考試、浪漫地撩妹，卻沒學會與老闆和解的身段，一個沒有半點政治心機的柳永，天真地以為：任何事情都能自動煙消雲散、雲淡風輕！殊不知好感度是要靠互動博來的，這點他對歌樓妹子做得很到位，卻對宋仁宗不上心、表錯情，根本就不是玩政治的大咖呀！

離功名最近的一次，竟被皇帝無情放生後，柳永心冷了，更毫無顧忌地進出娼館酒樓，還自號「奉聖旨填詞柳三變」，過著放浪形骸的酒海生活。

一個是高高在上的皇帝，一個是心高氣傲的才子，這兩個男人之間的戰爭，從一紙牢騷言開始延燒，讓人不忍細問：「這場男人的聖戰到底能戰出誰對誰錯？」

療癒的傷心之歌

北宋詞壇最火的「F4」天團有歐陽修、蘇軾、柳永、周邦彥，其中最會寫傷心慢歌的就是柳永了。常常流連青樓的他，和紅粉知己相處久了，知道每個人來到這裡，都有一千個傷心的理由。他不搞曖昧，當起她們的心靈導師，誰落難了，哥就挺身來救妳；誰需要討拍，哥就說出：「我愛妳，不是因為妳是一個脫俗超凡的人，而是我喜歡和妳在一起時的感覺。」這種即時的安慰，陪著她們一起哭、一起悲傷的義氣，柳永在這個當紅女團可是群內的「真英雄」。據說柳永是中國文學史上第一個被女人包養的男人，由此可見柳永的魅力，不只讓人愛得奮不顧身，也愛到無怨無悔。

柳永譜出的失戀歌曲句句扎心，唱出了人們在求愛時的卑微、分手時的狼狽，以及思念時的撕心裂肺，句句彷彿唱進失戀之人的靈魂裡。聽著聽著，心被讀懂了，情也被徹底療癒了。

他的慢歌不只能撩妹，還是傳唱千古的名作。以下這首〈蝶戀花〉就是膾炙人口的經典歌曲：

佇倚危樓風細細。望極春愁，黯黯生天際。草色煙光殘照裏，無言誰會憑闌意。

擬把疏狂圖一醉。對酒當歌，強樂還無味。衣帶漸寬終不悔，為伊消得人憔悴。

意思是：獨自久立在高樓上，微風徐徐拂面。望不盡的春日離愁，滿懷的愁緒，從那遙遠無邊的天際，黯然地升起。碧綠的般草、迷濛的煙光，掩映在落日餘暉裡，我默默無言、獨自憑欄，有誰能了解我內心的深沉意涵？原本想以慵懶放縱的心情喝得爛醉，可是對著美酒要縱情高歌，強顏歡笑反而覺得沒有意思。因為思念妳，我甘願自己日漸消瘦與憔悴。

這闋詞寫出了春日登高望遠，眼前景物所觸，離愁因而添生的情景。男主角用痛飲狂歌來消釋離愁，展現了思念佳人的柔情，柳永的歌讓冰冷的世界，頓時暖了起來。

最懂女人心的詞人

宋代的歌伎以歌舞表演為生，有的能歌善演，有的還會填詞作曲，一人身兼數職。柳永的愛人們，各個都是當紅女藝人，他的詞作中也不乏對她們公開示愛的告白，鼓勵她們看重自己、勇敢活出自己喜歡的模樣。他最常說：「妳無論胖瘦我都喜歡，只要健康就行！」他從不看輕這些出身低下的女子，也不計較她們容顏如燦花的開落，真誠地把她們當成家人，溫柔體貼地對待，也十分重視她們的內心感受與意見。

這首〈木蘭花〉描繪歌伎們的獨一無二、聰明、善良、美麗，分別歌詠了心娘、佳娘、蟲娘、酥娘四名歌伎，讚美她們的絕世美貌和歌舞技藝：

心娘自小能歌舞。舉意動容皆濟楚。解教天上念奴羞，不怕掌中飛燕妒。
玲瓏繡扇花藏語。宛轉香茵雲襯步。王孫若擬贈千金，只在畫樓東畔住。
佳娘捧板花鈿簇。唱出新聲群豔伏。金鵝扇掩調纍纍，文杏梁高塵簌簌。
鸞吟鳳嘯清相續。管裂絃焦爭可逐。何當夜召入連昌，飛上九天歌一曲。

蟲娘舉措皆溫潤。每到婆娑偏恃俊。香檀敲緩玉纖遲，畫鼓聲催蓮步緊。
貪為顧盼誇風韻。往往曲終情未盡。坐中年少暗消魂，爭問青鸞家遠近。

酥娘一搦腰肢裊。回雪縈塵皆盡妙。幾多狎客看無厭，一輩舞童功不到。
星眸顧指精神峭。羅袖迎風身段小。而今長大懶婆娑，只要千金酬一笑。

意思是：心娘從小就能歌善舞，起心動念、舉止儀容無不美好動人。她的美善會讓天上的歌女自覺羞愧，她也不怕自己的美被掌上舞的趙飛燕給妒忌了。玲瓏的說話聲音，彷彿藏在似花的繡扇之後，婉轉的舞步猶如白雲襯於香煙之上。貴族子弟如果打算以千金相贈於她，也只能住在畫樓東畔的客房裡而無計可施。

佳娘舉起唱板，頭上花鈿叢聚，唱出新穎美妙的歌聲，使得眾多美女為之佩服。金鵝羽扇掩不住連綿的歌曲樂律，震動舞殿的歌聲，讓文杏梁上的塵埃簌簌地落下。優美的歌聲猶如鸞鳳之聲相和，清麗又連續不斷。美妙的管樂和焦尾琴聲怎能與之爭先呢？何時像念奴一樣，半夜被召入連昌宮，走進皇帝的宮禁而高歌一曲？

蟲娘平日的行為舉止如水般溫柔婉順，但到了表演的時候，卻一反常態，變得高傲自負。蟲娘的舞姿應著節拍，當檀板輕敲時，曲調慢了，手的動作也緩慢了。接著，畫鼓聲催，腳步也隨之轉為急促。她傾盡全身之技，誇張地展現風韻，只不過想博得知音的一顧，甚至一曲終了，她還情猶未已，沉醉在自己的舞蹈之中。公子王孫因其舞姿風韻，暗自銷魂而傾心，爭相追求詢問蟲娘的居所。

酥娘婀娜的腰肢纖細到一手可握，喜歡舞蹈〈回雪〉、〈縈塵〉，展現的舞姿輕盈優美，讓很多輕薄之客百看不厭，同輩跳舞之童子，其舞蹈功夫都不如酥娘。她清瑩如星子的目光，散發出俊俏的神韻，絲羅衣袖隨風飄蕩，使身軀越顯纖細渺小。而今長大的酥娘，卻疏懶於舞蹈之功，一味地為了生存而賣笑。

柳永把這些女歌手都當成知己，每首歌曲都是替她們量身打造，用情勾勒她們的神韻與氣質，果然引起廣大的迴響，成為人人瘋搶的金牌作詞人。他也大膽地創作通俗直白的慢詞，讓宋詞變成通俗易懂的流行歌曲。

「魚幫水、水幫魚」，柳永不只是讓歌伎一舉成名的最佳拍檔，也是她們心目中的英雄；她們崇拜柳永的才華和不羈的多情，對他的愛是死心塌地了。柳永曾說：在腦海中藏著好多姐妹們的生命故事，所以若是靈感來敲門了，他就要把握靈光乍現的時刻，為她們好好寫一首歌，留作彼此相遇的紀念。

在宋代，如果你想成為專業紅牌歌手，都得拜託柳永捉刀，替你的歌譜個詞，以提升知名度才行。只要有柳永作詞掛保證，作品一推出就成了暢銷榜上的熱門流行歌曲，在大街小巷中傳頌著。歌伎們爭相傳唱他的作品，很快地，上至王公貴族、下至販夫走卒，從國內到國外，形成「凡有井水飲處，皆歌柳郎詞」的風潮。而他也自稱：「奉旨填詞柳三變」，並以白衣卿相自詡。

最為火紅的，莫過於柳永的〈雨霖鈴〉，它堪稱宋代KTV點唱次數最多的十大金曲：

寒蟬淒切。對長亭晚，驟雨初歇。都門帳飲無緒，留戀處、蘭舟催發。執手相看淚眼，竟無語凝噎。念去去、千里煙波，暮靄沉沉楚天闊。

多情自古傷離別。更那堪、冷落清秋節。今宵酒醒何處，楊柳岸、曉風殘月。此去經年，應是良辰、好景虛設。便縱有、千種風情，更與何人說。

意思是：秋後的蟬兒鳴叫聲淒涼急促，我面對著長亭，恰好是傍晚時分，剛落下的驟雨停歇了。你為我在京都城外設帳餞別，我卻沒有暢飲的心情，正依依不捨的時候，船上的人卻催促著我出發。

我倆握著手相視，眼裡全是淚水。到了最後，我們竟然相對無言，千言萬語都哽在喉間，說不出話來。想到這次回到南方，一程又一程，千里迢迢，一片煙波，夜霧瀰漫的楚國天空是一望無際的空曠。

自古以來，多情的人最傷心的是離別，更何況適逢蕭瑟冷落的秋季，傷人的離愁誰能受得了！誰知今夜酒醒後，我會身在何處？怕是只能在楊柳岸邊，獨自面對淒厲的晨風和黎明的殘月。這一去，長久離別，即使遇到好天氣、好風光，也是如同虛設。即使有滿腹的情意，又能和誰訴說呢？

〈雨霖鈴〉全詞寫景工緻，文氣起伏跌宕。聲音與感情雙繪，敘事清楚，原來，面對情人的遠行，不只無法瀟灑地揮別，還是人聲淚俱下、萬般不捨的虐心場面。上片描寫臨別時的情景，景色的鋪陳，氛圍的渲染，融情入景，一邊是兩人情濃，一邊是蘭舟催發，凝鍊深摯的情愛，尤以「執手相看淚眼，竟無語凝噎」成為離別時的絕唱。下片主要書寫別後情景，詞人內心的獨白十分動人。時間與思緒環環相扣，步步推進，末兩句畫龍點睛，為全詞生色，點出了柳永在羈旅行役時，離情依依、纏綿悱惻，不只吐露懷念遠離的佳人相思之情，思念著故友及都會生活，也透露出人生短暫、懷才不遇的感慨。

柳詞深沉婉約的風格、膾炙人口的千古名句，不只被人改編成宋式爵士版、藍調版、R&B版，也把柳永詞推向北宋婉約詞代表的地位。由於這首歌後來實在太受歡迎了，還被當時的人們做成各式各樣的歌詞表情包，〈雨霖鈴〉成為年度最火的熱搜詞。如今讀來，還真有「人生分分合合，愛情拉拉扯扯，一路曲曲折折」的人生況味呢！

生命中總有一首歌，陪伴我們走過那段心痛的日子。柳永詞呈現獨特的柳式浪漫，即便寫的是傷感離別，也傳達在美好事物中尋求無聲陪伴和療癒的力量。

愛情的美麗與哀愁

宋代時人曾說：「詩當學杜詩，詞當學柳詞」，若你穿越時空到了宋代，就能見識到柳永的魅力所在：「不願君王召，願得柳七叫；不願千黃金，願得柳七心；不願神仙見，願識柳七面。」

柳永真心對待每位陪他度過人生低潮的女人，而紅粉佳人的陪伴，讓詞人的失意變得很詩意。其中，柳永愛得最轟轟烈烈、鬧到舉國皆知的，就是他與謝玉英的情事了。柳永任餘杭縣令，途經江州時，謝玉英的美豔才情讓柳永一見傾心。尤其，見到佳人的書房有一冊《柳七新詞》，每個字都是她用蠅頭小楷抄錄的。藝壓群芳的她，雖是人人追捧，卻鍾愛柳永詞，兩人一見鍾情，柳永寫下了新詞表明自己永不變心，玉英則立誓從此閉門謝客，以待柳郎。

兩人為了拚事業，工作行程滿檔。玉英在各地巡演，又加碼舉辦粉絲見面會；柳永不只屢屢被邀歌，還得在乖舛的仕途中跋涉奔走。柳永自嘲：回首前塵，這是一個「連做夢都夢到被人嘲笑」的失敗人生，幸好，玉英告訴他：「只要勇敢活下去，每個現在都有機會比過去更加耀眼，勇敢地跨越吧！」

身為士子，柳永從沒忘記過自己還有功名夢，因此即便他曾愛得過火，現實關頭，他還是選擇忍痛與心愛的玉英說再見，努力為自己的夢想做最後一次的拚搏。

癡心的玉英早已認定這個男人，柳永是她想依靠一生的伴侶，她的心給了浪子般的男人。被認為是浪遊一生的柳永，在他孑然離世時，玉英堅持陪他走完最後一程，甚至還為他披麻戴重孝。而柳永辭世兩個月後，她也因抑鬱而香消玉殞，離開了人世。好友陳師師將兩人合葬，後人也為他們的愛情憑弔。有詩題柳永墓云：「樂遊原上妓如雲，盡上風流柳七墳。可笑紛紛縉紳輩，憐才不及眾紅裙。」

「多情自古傷離別」，柳永品嘗過愛情的甜，也領教過愛情的酸，泗泳在愛情海裡，載浮載沉，最終愛過、恨過，盡情活出自己的姿態。每當後人淺唱柳永詞，總是令人緬懷不已……

柳永所創作的兩百多首詞中，愛情詞有一百多首，其中有六十多首都是為歌姬們而作的。柳永的愛情一直沒有開花結果，終其一生，他沒結過婚，也沒有子嗣，雖做不了功成名就的宋臣，卻有一班情義相挺的姐妹淘，把他的葬禮辦得風風光光。甚至，每年清明節時，歌伎們相約到他的墳地祭掃，相沿成習，稱之「吊柳七」、「吊柳會」，或是「群伎合金葬柳七」。

柳永一生愛得浪漫，也愛得任性。他有才子洋溢的風采，也有浪子不羈的多情。回望愛情長廊的足踏，終究沒有人能讓有著浪人性情的柳永真正停留；也許她們都曾陪伴柳永欣賞過美麗的愛情風景，最後只能幻為彼此心底的一抹溫柔。柳永的愛情絢麗如煙火，卻也傷感如秋葉，不知從柳永的愛情中，我們是否明白：想要愛得長久，除了真心喜歡，還要務實地經營情感，讓它成為彼此生命的永恆。

愛情再美，錯過了就不再
——陸游與唐琬的〈釵頭鳳〉

愛情慧課室

怡慧老師：

我是十七歲的高三女生，正是情竇初開的年紀。

前幾天，前男友突然傳訊息告訴我，他想要專心準備學測，希望一直到放榜前，我們都不要再聯絡了。面對未來，他認為先把大學入場券拿到最重要。之後就音訊全無，甚至把我的LINE封鎖，讓我好傷心。

即便我們因無緣而分手，他需要這樣快刀斬亂麻嗎？事情已經過了兩個星期，我想知道的是，他與我分手的真正原因？我曾去男友的教室找過他幾次，想當面問清楚原因，但他總是刻意閃閃躲躲、支支吾吾的……我的心情真的很沉重，做任何事都提不起勁來，請告訴我，我該如何做才能撫平受了傷的心，重新回到正常的生活軌道呢？

猜忌與誤解是愛情的殺手

親愛的：

我很心疼妳的遭遇，但是一個即將面臨學測的高三生，如果忘記今夕是何夕，天天陪女朋友吃飯、逛街，累到無心念書，相信沒有哪家的父母會舉雙手支持的，是不是？到了倒數計時的時刻，收心念書才是正確的選擇。

在一段親密關係中，如果能夠給予對方足夠的安全感，就能讓彼此的關係處於安心狀態，而不是常常被困在恐懼、害怕、忐忑不安的情緒泥淖裡。如果妳願意坦然分享自己內心的脆弱與無助，說不定會讓對方更能理解妳所面對的處境。

心理大師薩提爾提出的冰山理論（Iceberg Theory），解釋了人類行為的內在經驗與外在歷程不一致的種種原因。我們可以從對方行為的表現（冰山上方），找到問題背後的成因，避免治標不治本；透過冰山下的情緒探索，層層向下挖掘，探究事件背後的心智模式，接近行為或問題的本質，找尋根本的解決之道。

面對剪不斷、理還亂的愛情，我們若能坦率一點，往往就不會卡關，坦白與溝通更容易找到彼此面對困難的應對方法。一如薩提爾的信念：「改變是可能的，即使外在的改變有限，內在的改變還是可能的。」

被譽為愛國詩人的陸游，在愛情上的表現並不勇敢，面對舊有傳統的束縛與媽寶的枷鎖，選擇以閃躲與逃避來處理與心愛的人之間的感情糾葛，讓伊人最後成為一縷哀愁的輕煙而永逝，留下了難以撫平的傷痕。

陸游的曖昧讓唐琬受盡委屈，猜忌與誤解是愛情變色的元兇。唯有用真誠的態度、理性的方式來解決問題，才能讓彼此的關係堅若磐石，不受他人耳語而動搖，活出自在與愜意的相愛人生。

女神駕到，上演甜寵戲

陸游（1125-1210），字務觀，號放翁，越州山陰（今紹興）人。陸家是江南的名門望族，高祖陸軫官至吏部郎中；祖父陸佃，師從王安石，官至尚書右丞，所著《春秋後傳》、《爾雅新義》是陸氏家學的傳家典籍。陸游的父親陸宰是著名的藏書大家，因主張抗金，與主和派立場不同，南渡後，居家不仕。母親唐氏則是北宋宰相唐介的孫女，看來能在陸家出入者，非富者即貴者。

陸游自幼聰穎過人，先後與毛德昭、韓有功、陸彥遠等神人老師學習，精通詩文。閒暇時，詩心瘋一起，他三天就可以寫出一首詩，自言「六十年間萬首詩」，堪稱地表產量最多的詩作製造機。

陸游在抗金殺敵的環境成長，耳濡目染之下，渾身散發堅貞愛國、捨身取義的豪情，不僅讓他成為南宋詩壇領袖，也是歷史上重量級愛國詩人。

陸游受到家族恩蔭，年輕時就被授予登仕郎之職。春風少年兄的陸游，在名門雲集的宴會巧遇唐琬。這場專門為官二代交流而辦的饗宴，每年只邀請才學兼具的官二代參加，除了家世顯赫之外，還要學問、教養都屬出類拔萃者，才有機會拿到入場請柬。

當天，官二代名媛唐琬以一襲仙氣逼人的禮服，驚豔全場！而意氣風發、氣宇軒昂的陸游自然也攫住了眾人的眼球。兩人興趣相投，家世相近，一拍即合，產生了「今生非你莫屬」的情愫，陸游甚至公開在社交平臺上明示「生人勿近，陸游、唐琬交往ing」！

老派的愛情告白，讓唐琬動了心，不僅兩人私下交流互動頻繁，陸游也視唐琬為未來老婆的人選。不久，正值弱冠之年的陸游，透過媒妁之言，用家傳的鳳釵做為訂親信物，把佳人迎娶進門。

陸游真心愛著唐琬，婚後天天對著她高唱「我永遠愛妳到老，一生只愛妳一人」。

年輕的兩人在相愛的世界裡，眼中只有彼此；陸游每寫完一首詩，立刻送給唐琬搶先讀，才華出眾的唐琬也以詩唱和，互訴衷情。

由於兩人什麼話題都能聊，常常聊到星星都睡了，還欲罷不能！偶爾，他們也會到山上住個幾宿，享受甜蜜的兩人世界。陸游喜歡在社交網站曬恩愛，並且常PO妻子為愛上菜時，兩人與食物同框的甜寵樣——香菇雞湯、清炒山蘇、香煎鱈魚、海鮮蒸蛋、佳釀一甕……加碼說道：「美食美酒當前，女神只為我一人傷神。」隨後，唐琬秒回：「人妻不都這樣寵愛著老公嗎？」這位圈粉無數、一身仙氣的女神甚至素顏陪著陸游牽手逛市集，惹得愛慕的粉絲心碎一地。

不是不愛了，只是卡在不夠勇敢

有人說，婚禮只是一彈指的幸福，婚姻才是一輩子的承諾。世人都以為王子與公主婚後，過著幸福與快樂的日子。錯錯錯！如果是這樣，這齣世紀虐心大戲還演得下去嗎？

每齣戲都有個大魔王，這次卡在兩人甜蜜世界裡，做出大破壞的，就是男主最親近的陌生人——陸游的母親。陸母忍耐唐琬很久了，她眼看原本胸懷大志的陸游婚後竟就忘記男兒志在四方，整天繞著美媳婦兒打轉，書本再沒打開過，酒卻一杯一杯地喝，沉迷於談情說愛的浪漫，將考取功名、為家爭光當作過耳東風，十分痛心。

陸母相信「女子無才便是德」，不懂嫁為人婦的唐琬，為何天天在家搞藝文沙龍、品酒辦趴踢？

陸母從早到晚開始頻頻追問唐琬的行蹤，三不五時敲他們的房門碎唸，逼得唐琬淚眼婆娑。看到愛妻受氣，陸游怎能默不作聲，開始對陸母臭臉相待。陸母也不是省油的燈，祭出「你要是再和唐琬成天廝混，明天就見不到媽媽了！如果我走了，列祖列宗也不會原諒你的！把什麼驅逐金人、恢復大宋榮光都放在一邊，你還是我們陸家的子孫嗎？」。

面對母親用傳統儒家以孝道為先的旗幟進行「情緒勒索」，陸游猶豫了、遲疑了！他知道自己必須擔負起振興陸家、光復國土的使命，不能再繼續兒女私情。陸游不是不愛了，這次他卡在不夠勇敢的泥淖，也注定他與唐琬此生無言的結局。

陸游和唐琬這對郎才女貌的佳偶，約好生生世世同甘共苦，卻被現實生活折騰得內外交迫，曾經熾熱的愛也走到了死胡同。下定決心不做妻寶、回歸媽寶行列的陸游，成為愛情沙場上的逃兵。

愛情是一道沒有標準答案的習題，婚姻則是一堂永遠學不完的課，而唐琬沒學會的是愛自己，把自己搞得委屈又神傷。

兩人不再放閃，互動也變得生疏，坊間開始有人傳出他們婚變的消息。

結婚三年，陸游科舉未中，加上婆媳兩人三觀不合，婆婆用唐琬無法為陸家傳宗

接代，「無後無大」為由，要求陸游休妻，並以死相逼，兩人因而簽下了離婚協議書。

擺渡在愛情與理想之中，陸游不得不做個大丈夫，「北定中原」、「統一祖國」的愛國情懷，成為壓垮夫妻情緣的最後一根稻草。

癡心男二的逆襲

陸游聽從媽媽的話和唐琬分手，娶了王氏，還生了一個孩子。

正當唐琬的世界下起狂風暴雨時，癡心男二趙士程出現了，他對著唐琬說：「不管結局是否完美，我的世界不允許妳消失。」他默默守候著唐琬，甚至在她死後，終生不娶。

趙士程出身不凡，是宋太宗玄孫趙仲湜的兒子，算是正港的南宋皇親宗室，更是眾多女子心目中的好丈夫人選。沒想到，他從來沒有把其他人放在心底，唯一看上眼的女子只有唐琬。

他對唐琬一見傾心，她的一顰一笑都讓他魂牽夢縈，礙於羅敷有夫的身分，只能將內心的悸動壓抑了下來。當他得知唐琬的近況，十分心疼。高冷的趙士程首度表態，自己不願在唐琬的世界裡缺席，想要與她「執子之手，與子偕老」。

唐琬婚變後，走過一段自我療癒的過程，在這段旅程中，趙士程無怨無悔地陪著她一起度過。

陸游選擇與唐琬「相濡以沫，不如相忘於江湖」後，去臨安赴考，不只以扎實的文才博得主考官陸阜的提拔與賞識，還被舉薦為魁首。誰知，第二名竟然是當朝宰相秦檜的孫子秦塤。秦檜心懷不軌，在次年春天的禮部會試中藉故把陸游的試卷給剔除了。禮部會試失利之後，陸游返回家鄉，獨自漫步到了禹跡寺的沈園，驀然轉身，再次見到闊別數年的前妻唐琬……憶起兩人過往從相識到相愛、從激情到黯然分手的前塵往事，此刻卻是無語問蒼天的惆悵。

陸游心裡一直放不下唐琬，唐琬心中也牽掛著陸游，趙士程把這一切都看在眼裡，卻沒有責難唐琬的三心二意，而是給了她更大的空間。

陸游在沈園壁間題下的〈釵頭鳳〉，讓唐琬心中的感情防線失守了。

紅酥手。黃縢酒。滿城春色宮牆柳。東風惡。歡情薄。一懷愁緒，幾年離索。錯錯錯。

春如舊。人空瘦。淚痕紅浥鮫綃透。桃花落。閒池閣。山盟雖在，錦書難託。莫莫莫。

意思是：妳紅潤酥滑的手捧著黃縢酒的杯子，滿城春意盎然的美景，妳卻像宮牆的綠柳般遙不可及。春風多麼險惡，將過往的歡情吹蕩到漸漸稀薄。黃縢酒像整杯的愁緒，離別的生活過得蕭索無味，遙想過往，只能感嘆：錯，錯，錯！

美麗的春景依舊，人卻因相思而消瘦。淚水洗盡臉上的胭脂紅粉，也把薄綢的手帕全沾濕了……桃花凋落，落在寂靜空曠的池塘樓閣上。永遠相愛的誓言依舊，但是想寫給妳的書信，再也難以交付。遙想當初，只能感嘆：莫，莫，莫！

陸游再見心目中的女神，用這闋詞抒發失去愛情的傷感，表達了內心對唐琬的內疚，以及母親棒打鴛鴦的憤懣之情，和難以言說的懺悔之意。這闋詞被後世評價為「一滴清淚，纏綿悱惻了整個南宋文學史」，也讓陸游成了情聖，卻苦了唐琬的心，讓她再次陷入了留與不留的天人交戰之中。

「離不開」的人注定是輸家

唐琬遇到陸游，好像著了魔一樣，在愛情的戰場上一次次地失去了所有。〈釵頭鳳〉猶如核彈爆炸級的文字，讓唐琬武裝的心又回心轉意，不禁思念起陸游過往的深情。她反覆閱讀，再也控制不住心中壓抑已久的感情，於是和了一首〈釵頭鳳〉：

世情薄。人情惡。雨送黃昏花易落。曉風乾。淚痕殘。欲箋心事，獨語斜闌。難難難。

人成各。今非昨。病魂嘗似秋千索。角聲寒。夜闌珊。怕人尋問，咽淚裝歡。瞞瞞瞞。

意思是：無情的世態人情，險惡的人間紅塵，如今的我像黃昏雨中的花兒，滿臉淚水、憔悴不已，是最易殘落的樣態。清晨的微風吹拂著我乾了又濕、濕了又乾的臉龐，想要把滿懷的心事寫成信交託給你，因此斜倚欄杆，獨自呢喃，難撫痛楚，難啊！難啊！難啊！如今的我整個人已是枯瘦乾癟的身軀，與以前判若兩人，全身是病，魂不守舍，心情好像秋千上的繩索一樣，前後擺盪著。蕭瑟清冷的夜晚，號角響起的聲音，讓人膽戰心驚。害怕旁人看到我的模樣而詢問傷心的原因，拭去臉上的淚水，哽咽著假裝歡樂的模樣，隱瞞！隱瞞！隱瞞！

陸游不只懷抱新歡美眷王氏，面對勞燕分飛的前妻依舊大膽示愛，傳遞內心念念不忘的繾綣柔情。原本就無力承受情傷的唐琬，憶起塵封往事，再次跌入愛的漩渦。唐琬讓一向寬容體諒的暖男丈夫再也無力挽回頹勢，只能任由她獨自垂淚，抑鬱成疾。在生無可戀的情緒包圍下，她不久即愁悶而終、與世長辭。

用五首詩證明我愛妳

陸游得知唐琬的死訊，痛不欲生，也悔不當初。不過，唐琬死後，他的仕途卻順遂起來，不只平步青雲，還做到寶華閣侍制，直到七十五歲，才上書告老還鄉，蒙皇上賜金紫綬。往後十年，陸游常漫步於沈園，那裡是他和唐琬見最後一面卻成了永訣的地方。

若要活在思念唐琬的世界裡，沈園是最好延續舊情的相思之處。

陸游這一生為心愛的唐琬寫下了五首詩作，首首扣人心弦，也代表自己內心對

「陸唐之愛」已成往事的悵然。

〈沈園〉二首：

城上斜陽畫角哀，沈園非復舊池臺，傷心橋下春波綠，曾是驚鴻照影來。

夢斷香消四十年，沈園柳老不吹綿。此身行作稽山土，猶吊遺蹤一泫然。

意思是：城牆邊的號角聲彷彿也在哀痛，傳遍了城上西斜的落日。沈園已經不是原來的面貌，亭臺池閣依舊，人事全非。在那座令人觸目傷心的橋下，春水仍然碧綠，它曾映照唐琬驚鴻一瞥的倩影，讓人難以忘懷！

唐琬去世已經四十多年了，沈園的柳樹也老到不見柳絮紛飛的景況，古稀之年的我，將葬為會稽山下的泥土，而憑弔舊蹤遺跡，悼念前人時，應會忍不住潸然落淚。

從〈沈園〉二首得以窺見陸游年輕時面對愛情棄甲投降的懦弱，憶及過往的他，悔恨之情油然而生。看似深情的陸游或許能無愧地說：「唐琬是我愛情的全部。」然而愛情卻不是陸游人生的全部，在仕途與愛情之間，他終究選擇不負自己的男兒之志，卻負了真心給愛的唐琬。

〈十二月二日夜夢遊沈氏園庭〉二首：

路近城南已怕行，沈家園裡更傷情；香穿客袖梅花在，綠蘸寺橋春水生。

城南小陌又逢春，只見梅花不見人；玉骨久沉泉下土，墨痕猶鎖壁間塵。

意思是：通往城南的路上，越來越不敢放開腳步向前走；到了沈園，內心思緒萬千，觸目痛心。五十多年過去了，梅花綻放，香氣依舊清香芬芳，縈繞在遊客衣袖上；別致的小橋靜靜地泡在綠水裡，美景依舊，而人呀！卻早已不在了啊！

城南的小路迎來了春意，只見路旁的梅花依然盛開著，然而我卻不見當年在此相逢的親人唐琬了。時間久遠，我的心上人也化為地下的一抔黃土，你看當年寫在牆面那闋〈釵頭鳳〉的墨痕，也快要被塵土遮隱住了。

五十多年過去，我已是垂暮之年的詩人，以半個世紀的遙望，悼念佳人的離世，感嘆兩人相處的時光如流星般燦亮又短暫。

當年唐琬獨自守候這份愛情，陸游卻絕情走遠；等到他一個人置身在燈火闌珊處，踽踽獨行之際，伊人早已香消玉殞不在身邊了。面對這份愛，每當夜深人靜時，不知陸游的內心有沒有一絲後悔，後悔當初沒有堅定地把唐琬留住呢？寫完這兩首詩作的陸游，真的懂得了愛了嗎？這個男人曾經把心給了唐琬，卻沒能為彼此的誓言停留，為了追求理想，兩人的腳步分歧了，愛也因此變色了。

〈春遊〉是他最後一首悼念唐琬的詩：

沈家園裡花如錦，半是當年識放翁；也信美人終作土，不堪幽夢太匆匆。

意思是：沈園盛開的梅花依舊，因為我來過太多次，半數以上的梅樹應該都認識我了。終於接受美人化作塵土的事實，只是幽夢太短暫，匆匆即逝。

陸游在民族大義與柔情之間，進退兩難。寫完這首詩後的隔年，他帶著一身的遺憾與懊悔，溘然長逝。梁啓超曾經對陸游的愛國詩，作出這樣的評價：「詩界千年靡靡風，兵魂銷盡國魂空。集中什九從軍樂，亙古男兒一放翁。」陸游悲壯激昂的詩風不寫從軍之苦，即便為國而殤，依舊永不後悔，愛國詩人的巍峨英雄身影，令人景仰。但面對愛情，輕言放棄的男人，終究不是唐琬最終的優選歸宿。

人生的真相，往往是殘忍的。世界的所有東西都有保固期限，愛情也是，一旦錯過了，愛也就不在了。雖說「曾經滄海難為水，除卻巫山不是雲」，一旦選擇斷然離去，陸游又何苦寫詞撩撥唐琬的芳心？這似乎印證了拜倫說的「男人的愛情是生命的一部分，卻是女人生命的全部」。

愛情就像一場賭注，習慣用沉默代替答案的男人，再多情也不該愛上。在這場人生賽局中，陸游獨贏愛國詩人的美名，卻讓兩人都輸給了愛情，而在紛紛擾擾的世間，唐琬的身影，留給後人對愛情的想像又會是什麼樣的悵然？

我想，陸游始終不懂的是，面對愛情，女人要的是理解、是陪伴、是支持，像唐琬這樣的女人若愛上了，是連命都能交出去的灑脫。為愛瘋狂看似簡單，卻是許多男人給不起的承諾。同時，說明千古不變的定律：愛情再美，錯過了就不再。

我們的不完美，造就了彼此
——沈復與芸娘的愛情童話

愛情慧課室

怡慧老師：

　　我是一位十三歲的國中生，最近偷偷喜歡上一個漂亮的女生。她是我的同班同學，班上都稱她「大姐大」，她不只聰明，還非常樂於照顧班上同學，大家都叫她「零缺點女神」。

　　上次我在體育課跌跤了，她不只要同學不准笑我，還攙扶我去保健室。這幾天，我發現自己有種漸漸喜歡上她的感覺，我不懂這種朦朦朧朧、似有若無的情愫是不是就是愛情？我該怎麼面對進退兩難的心情才好？最近，她似乎特別安靜，眉頭深鎖，笑容也變少了，我要怎麼做才能親近她，又不會讓她討厭我呢？

愛是站在對方的角度思考問題

親愛的：

十三歲的愛情好像來得太早了！只是，當愛情來敲門時，任誰也躲不過。當你看見那位心儀的女同學時，是否有種似曾相識的熟悉感？甚至有被愛神邱比特的箭射中的觸電感？

喜歡一個人是一件很幸福又很痛苦的事，當你「第一次」喜歡上一個人，並且嘗試走進她的生命時，如果不想留下傷害與遺憾，就不能只憑感覺行事。怡慧老師建議你，可以藉由下列思考步驟來進行分析：

步驟一，定義問題：將女孩相關的資料進行整理，釐清自己對兩人關係的期望，是想與她交往？還是只當普通朋友？

步驟二，分析資訊：分析可能出現的問題，像是女孩是否同意交往？以兩人的年紀談戀愛是否能被父母接受？告白後，會不會影響同儕關係？課業是否會受到影響？

步驟三，解決策略：運用問題拆解法，進行評估。如何對女孩說出內心的感受？如何有效與父母溝通？如何安排時間，不讓人際關係或時間管理失衡？

步驟四，歸納策略：作出可切實執行的決定。

根據上述步驟，不只要你換位思考，也得關注他人的感受，就能理性地判斷兩人未來的發展。

有人說：「世間所有的相遇，都是久別重逢。」初戀是每個少男少女生命中最美麗的回憶，它不僅保留了最純真的感覺，也是最純粹的原色。

你與愛情相遇的年紀，與清代沈復、芸娘初識的時間一樣。不過，時代空間不同了，希望面對愛情時，你也能像他們一樣，互信互愛，成為彼此眼中的好情人。我也相信，沈復與芸娘的相處之道，會讓你找到愛情能夠天長地久的答案。

最初也是最美的愛戀

沈復（1763-？），字三白，號梅逸，清蘇州人。他出生「正值太平盛世，且在衣冠之家」，家族是師爺（幕客、幕賓，官員個人聘請的私人顧問）世家。沈復克紹箕裘，拜趙傳門下繼承父業，此生以行商、畫客、幕僚、名士為職。在八股取士的時代，沈復一生未參加過科舉考試，深受父親沈稼夫救人之難的俠氣影響，不只對朋友多情重

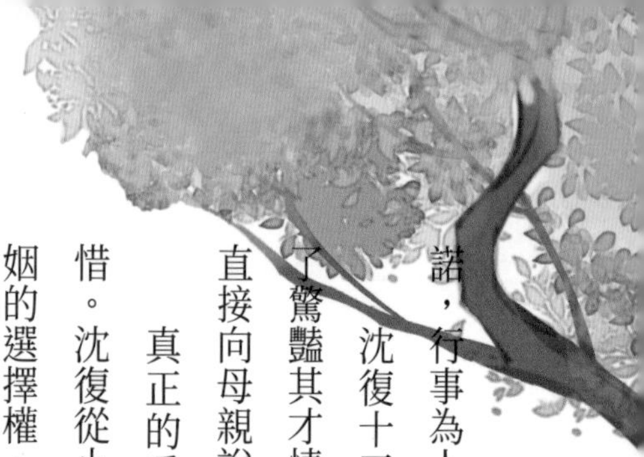

諾，行事為人也很慷慨、講義氣。

沈復十三歲時，隨母親歸寧，一見陳芸詩作：「秋侵人影瘦，霜染菊花肥」，除了驚豔其才情，還心生愛慕之情，尤其見到她溫婉可人後，擔心下輩子是否還能遇見，直接向母親說出：「若為兒擇婦，非淑姊不娶。」

真正的愛，不是怦然心動，是想再次見到你的心安，一如沈復與陳芸的相知相惜。沈復從小個性直爽不羈，勇敢擺脫「父母之命，媒妁之言」的窠臼，爭取愛情與婚姻的選擇權，讓沈母脫下金戒指，做為他與陳芸締結婚姻的信物。

一場奇遇讓兩人相識，緣分則讓兩人在情竇初開時就互許一生，他們擁有生命最初也最美的愛戀。

陳芸是誰？她是沈復舅父的女兒，字淑珍，聰穎賢慧，能詩能文。她四歲突遇失怙，家徒四壁，母弱弟幼，生活陷入了困蹇。幸好陳芸手巧心細，善做刺繡、縫紉，一家人靠她的手藝過活。才思雋秀的她也利用閒暇時間自學詩詞，據說在牙牙學語的時候，有人唸〈琵琶行〉，她聽完就能背誦，可見聰慧過人。

當年十月，沈復因堂姐出嫁，再次跟隨母親前往陳家作客。夜半，陳芸看見整日忙碌、飢腸轆轆的沈復，暗牽他的衣袖，要他轉至廂房。沈復到了廂房頓時發現：陳芸替他預藏了熱粥、小菜。正當沈復舉起筷子時，正巧被陳芸堂兄陳玉衡撞見，形成家族之間「藏粥待君」的笑談。而陳芸聽到沈復出痘的消息，選擇以齋戒的方式來祈求他早日康復，這份素樸的心意蘊含了她對沈復滿滿的情愛。

清朝第一曬妻魔人

乾隆四十五年（1780）一月，沈復、陳芸兩人新婚。

沈復知道陳芸為他祈福而茹素多年後，不只允諾婚後要無極限寵妻外，還幽默地說：「今我光鮮無恙，姊可從此開戒否？」

翻開沈復的寵妻事件簿，頁頁都很精采，兩人曬恩愛指數之高，更是閃瞎眾人，彷若天天都在過情人節！沈復常以「老公視角」發文——新嫁娘陳芸每天早起做羹湯，即便是素顏也有名模氣質，最重要的是這個媳婦「事上以敬，處下以和」，你們還不快替她按個讚？

這些閃光文，圈到一票按小鈴鐺訂閱頻道的粉絲，紛紛敲碗留言——我們要觀賞「沈陳及時戀愛秀」，還為陳芸貼上「零負評女神」的封號。低調謙遜的陳芸總是笑著說：「請鄉民們別再追捧我了，我只是一介尋常女子而已。」陳芸就是這樣接地氣又樸實的女人，讓人不得不愛她。

沈復是這樣形容愛妻的：「其形削肩長項，瘦不露骨，眉彎目秀，顧盼神飛，唯兩齒微露，似非佳相。」從這段文字看來，沈復認為自己的妻子外貌雖非仙氣飄飄等級，甚至還有微微暴牙的小缺陷，但並未損及愛妻的形象，老婆永遠是沈復心目中最適合自己的玩美女神，畢竟擁有諧趣的靈魂比完美的外表更加吸引人。

沈復曾隨父親前往會稽幕府，兩人分隔兩地，恍若有一世之久，只能透過魚雁往返，一解相思之苦。沈復甜膩地寫著：「每當風生竹院，月上蕉牕，對景懷人，夢魂顛倒。」面對開心、不開心的事，只要有心愛的芸娘在，永遠都是晴天。「握手未通片語，而兩人魂魄恍恍然化煙成霧，覺耳中惺然一響，不知更有此身矣！」從這段話看出兩人別後相聚，不只相看兩不厭，還不時含情脈脈地望進彼此的靈魂裡，相愛已是動詞，一切盡在不言中！

在看似淳樸恬淡的夫妻生活中，他們亦親亦友的關係，蘊含著現代婚姻男女平等的思維，而兩人相處的點點滴滴也被沈復寫成傳誦千古的愛情頌歌。

合拍的兩人，不只預約此生，還預借了來生，「來世卿當作男，我為女子相從」，下輩子他們想要體驗對方的境遇，進行角色互換，延續此生的愛相隨。

陳芸曾經做過這樣傻氣的祈願：「世傳月下老人專司人間婚姻事。今生夫婦已承牽合；來世姻緣亦須仰藉神力，盍繪一像祀之？」

沈復聽完，立即篆刻「願生生世世為夫婦」圖章二枚，做為兩人相愛的印信。沈執朱文，芸執白文，當作往來書信之用。沈復愛的芸娘是一個會陪他哭、陪他笑，完整人生的伴侶，即便她不完美也常示弱討拍，卻是沈復這輩子珍惜深愛的唯一，對芸娘的愛果真是曬也曬不完的呀。

文青夫妻的日常

「當妳決定嫁給一個人，就是認同他的人生觀，跟他在一起會讓妳成長、會讓妳快樂。」門當戶對指的不是家世，而是彼此看待世界的價值觀相似。

沈復和陳芸伉儷情深，只要兩人在一起，天天是好日。他們一起對月聽風、詩酒田園，閒時與你立黃昏，灶前笑問粥可溫。

有一天，沈復和友人從南園賞花歸來，芸曰：「今日之遊樂乎？」眾曰：「非夫人之力不及此。」大笑而散。原來，陳芸為大家想出了租餛飩擔溫酒熱菜、燒茶的好辦法，使眾人能夠宴飲盡興。因此，眾人歸去前說：「沒有夫人出力，不能這樣快樂。」芸娘的貼心就是在你需要的時候，默默出現、靜靜陪伴，把光環讓出來給需要的人，這樣的舉止更襯出她的機敏與樂享。

沈復好客，「芸則拔釵沽酒，不動聲色」，陳芸用小資女的創意做出五星級的國宴料理，讓沈復感到驚喜也暗自佩服。他與友人飲酒賞花時，陳芸也沒閒著，忙著為大家烹酒煮食，這種夫唱婦隨的默契，真是羡煞他人！

兩人移居金母橋避暑，沈復寫下：「他年當與君卜築於此，買繞屋菜園十畝，課僕嫗種植瓜蔬，以供薪水。君畫我繡，以為詩酒之需。布衣菜飯，可樂終身，不必作遠遊計也。」他們面對物質的欲望少，兩人都喜歡躬耕田園的靜謐生活，無論是在田間聽蟬、賞月飲酒、種花蒔草、吟詩作畫，只要心靈滿足，就能盡情享受各種生活情趣。

《西廂》是清代的禁書，有次沈復禁不起愛妻的請託，想盡辦法從朋友那裡借來，每夜睡前，一章一章地當成床前故事唸給芸娘聽，看著她慢慢沉睡便覺得欣喜。聽著聽著，芸娘說：「《西廂》之名聞之熟矣，今始得見，真不愧才子之名，但未免形容尖薄耳。」

沈復聽完笑著回應：「只有才子的筆墨，才能做到猥巧輕薄。」

沈復自從有了芸娘相伴，生活充滿美學巧思。兩人有共同的愛好，無論是對生活價值的品評、山水景色的欣賞、藝術奇文的交流，都是默契十足，果真是天造地設的一對。生活苦歸苦，有了愛的濾鏡，日子就能過得妙趣橫生、不失雅致：「夏月荷花初開時，晚含而曉放，芸用小紗囊撮條葉少許，置花心，明早取出，烹天泉水泡之，香韻尤絕。」

也許是相處久了，從靈魂、人格、生活、志趣、情韻，兩人無一不合。陳芸對唐詩的賞評，寄寓自己的哲學觀和人格態度。李白的浪漫和芸娘有契合之處，她對李白詩有獨到見解：「杜詩錘鍊精純，李詩瀟洒落拓，與其學杜之森嚴，不如學李之活潑。」、「李詩宛如姑射仙子，有一種花落流水之趣，令人可愛。」

跳脫女子無才的叛逆，芸娘的見識一點都不輸給才學縱橫的沈復。沈復是如此讚賞愛妻的：「芸一女流，具男子之襟懷才識。歸吾門後，余日奔走衣食，中饋缺乏，芸能纖悉不介意。及余家居，惟以文字相辯析而已。卒之疾病顛連，賫恨以沒，誰致之耶？余有負閨中良友，又何可勝道哉？」夫妻之間，相互賞識，雖說愛情至上，卻做到日常的平衡。兩人互動保有尊重、平等的關係。一如沈復視陳芸為獨立的個體，不把她視為自己的附庸。芸娘不拘禮教，超越了沈復對女性角色的想像，她不只是相夫教子的妻子而已，也是勇敢追求自由、愛與夢想的摯友。沈復刻意模糊彼此性別的界限，讓陳芸成為清代女子形象最特出的代表——女生不一定要長得漂亮，但是一定要活得漂亮。

你是世間最懂我的人

兩人之間有說不盡的話題、做不完的趣事，最特別的一次是快閃旅遊的行動。芸娘想陪著沈復去太湖聽濤聲，這樣的提議在當時是有違禮數的，沈復寵溺地說：「苟能化女為男，相與訪名山，搜勝跡，遨游天下，不亦快哉。」沈復為她戴上方巾，替她換上男裝，「冠我冠，衣我衣，此化女為男之法。」喬裝完畢後，說走就走。

兩人快閃到了太湖，留下這樣的驚喜：「返棹至萬年橋下，陽烏猶未落也。舟牕盡落，清風徐來，紈扇羅衫，剖瓜解暑。少焉，霞映橋紅，煙籠柳暗，銀蟾欲上，漁火滿江矣。」

離開了粉牆黛瓦、飛檐花窗的蘇式建築，頓時天寬地闊、心情明朗。芸娘面對美景當前，酒不醉人人自醉！因而寫下這樣的詩句：「此即所謂太湖耶？今得見天地之寬，不虛此生矣，想閨中人有終身不能見此者。」

他們將神仙眷侶般的遊記發到朋友圈，不只留下了一段段精采的回憶，也讓友輩按讚留言，心嚮往之。

旅行本來就是一場冒險，途中難免會遇到一些意外。有次女扮男裝的芸娘被誤認為登徒子，她機靈地脫帽翹足以示女身，從容地化險為夷，將危機變成轉機。

原來，遇見一個懂你的人，就能讓自己快樂地發光。芸娘和沈復，何嘗不是互相照亮的發光體呢？

夫妻間相處久了，難免會有摩擦與感到疲乏的時刻，芸娘的幽默感往往能化解意見不合的尷尬。芸娘連鬥嘴時都會顧慮沈復的感受，手比出愛心，要他莫氣、莫慌，別忘了彼此還是深愛著對方的！陳芸吃飯時必以茶泡飯，喜歡吃芥滷乳腐（臭乳腐）、蝦滷瓜，沈復對這兩道食物十分反感嫌惡，戲說：「狗無胃而食糞，以其不知臭穢；蜣螂團糞而化蟬，以其欲修高舉也。卿其狗耶？蟬耶？」

陳芸不慍不火地回說：「腐取其價廉而可粥可飯，幼時食慣。今至君家已如蜣螂化蟬，猶喜食之者，不忘本也。至滷瓜之味，到此初嘗耳。」又說：「夫糞，人家皆有之，要在食與不食之別耳。然君喜食蒜，妾亦強啖之。腐不敢強，瓜可掩鼻略嘗，入咽當知其美。此猶無鹽貌醜而德美也。」

發脾氣是一種藝術，多了傷感情，少了也不行。夫妻意見不合，如何吵架又不傷和氣，讓衝突反而成為良性的溝通？沈復與芸娘的互動例子堪稱典範。

芸娘溫柔的堅持、幽默的類比，即便隨意談笑也不失分寸。因此，沈復常說：「光陰忘記在芸娘的臉上停駐痕跡，內化成芸娘的內涵與智慧，反襯其賢德之美。」

讓遺憾隨風而逝

這對夫妻處在八股封建的生活，受到禮教的壓迫、貧困的煎熬，沒有糾結的遺憾，只有盡力無愧於心。他們說：「既然與功名無緣，咱們就不要虛擲光陰，別考試了！」經商失敗、多次被朋友騙財，他們仍然咬著牙說：「錢再賺就有了，千萬別讓心情蒙上一層烏雲。」這些相互取暖的甜話在外人看來，猶如雞同鴨講的火星文。善良的兩人，表明世界上沒有壞人，即便面對胞弟啟堂這個壞胚子，天天肖想奪取家產，腹黑地在家族間挑撥離間，不斷把沈復醜化成「不思習上」的敗家子，將陳芸指為「助紂為虐」的壞媳婦，他們仍舊雲淡風輕地過與世無爭的恬適生活。兩次被父母逐出家門，過著顛沛流離的日子，他們轉念一想，何不當成是上天送給兩人的禮物，既然離家了，就輕鬆來個

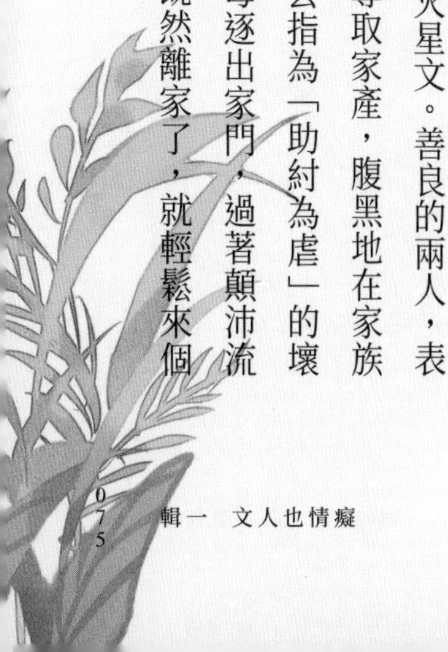

充電小旅行：「名勝所在，貴乎心得，有名勝而不覺其佳者，有非名勝而自以為妙者。」

彼此相守的兩人苦中作樂，儘管不被世人理解，沈復身邊永遠有個為他撐腰、給他自信的芸娘：「我決定嫁給你，就是認同你的人生觀，我們要一起挑戰成長、一起製造快樂，啾咪^.<」

這對心中只有對方的夫妻，面對開心、不開心的事都相濡以沫，而芸娘想必是每個男生都渴望能夠擁有的美好伴侶吧！

芸娘陪著沈復賦詩論文，也和他一起遨遊山水。無須過多花費，他們擺脫世俗束縛，率性自適地活著，那是一種另類優雅的才、思、情、趣的生活品味。

有人說：「夫妻本是同林鳥，大難來臨各自飛。」儘管生活拮据，沈復與陳芸仍然誓言生死相守。但是，身體孱弱、患有血疾的陳芸，最終還是抵不過病魔的侵害，年僅四十一歲就離世。死前她說：「憶妾唱隨二十三年，蒙君錯愛，百凡體恤，不以頑劣見棄，知己如君，得婿如此，妾已此生無憾！若布衣暖，菜飯飽，一室雍雍，優遊泉石，如滄浪亭、蕭爽樓之處境，真成煙火神仙矣。神仙幾世才能修到，我輩何人，敢望神仙耶？強而求之，致干造物之忌，即有情魔之擾。總因君太多情，妾生薄命耳！」

芸娘死後，沈復悲痛萬分，遠走他鄉，音訊杳然。根據《浮生六記》〈浪遊快記〉記事，止於仁宗嘉慶十二年（1807），推論沈復去世的時間，在此年以後。

用一本書記錄我們的愛情

古人顧忌禮法不敢多言男女關係，但是沈復《浮生六記》透過清新平順的文筆、真摯的情感，道盡尋常夫妻生活的百般滋味，用一生哀樂譜寫短暫若夢的浮生。《浮生六記》分成〈閨房記樂〉、〈閑情記趣〉、〈坎坷記愁〉、〈浪遊記快〉、〈中山記歷〉、〈養生記道〉等六卷，沈復說全書「不過記其實情實事而已」，完成後就丟下書稿，一個人去了山東逍遙。

此書並未付梓，僅在文友之間傳閱手抄本，清道光年間，楊引傳在蘇州乏人問津的冷攤發現該書殘稿，驚嘆地說：「原來人世間曾有過這樣的夫妻。」把它交給在上海主持《申報》的妹婿王韜。一八七七年活字版刊行，目前僅剩前四卷的殘本，後面兩卷已亡佚，全書蘊含「真」和「情」，讓清代落魄文士的風雅生活與至樂至哀的人生，有了被後世理解的可能。

它不只打動無數讀者的心而被瘋傳，林語堂也大讚：「芸娘，是中國文學史上一個最可愛的女人。」魯迅則說：「芸娘，雖非西施面目，我卻覺得是中國第一美人。」

後來，林語堂將它譯為英文出版，從此《浮生六記》流傳國際、名揚四海，被譽為「晚清小紅樓夢」。

《浮生六記》帶領讀者走進沈復和陳芸的兩人世界而隨之繾綣，沈復豪邁灑脫、芸娘內斂浪漫，他們在滄浪亭畔過著小確幸的日常，一直走在相信對方、彼此包容與理解的旅程，被譽為楷模夫妻，也為後人闡釋了婚姻的新價值。

蘇州亭臺樓榭、園林曲徑、燈影槳聲的環境，造就了沈復、陳芸的美好愛情。兩人在浮誇虛飾的人間，選擇樸實無華的生活模式，從小事中找尋幸福，一如林語堂說的：「蹭蹬不遂，而仍不改其樂。」追求自由自在和簡樸愉悅，把對方放在心底，處處以對方為念，這就是夫妻相處之道。

在婚姻中，沒有一個人是完美的。沈復和陳芸牽著彼此的手，相守到白頭；挽著對方的肩，找到停泊一生的理由。他們雖然背離追求飛黃騰達的主流社會，卻在愛情中找到了更完美的自己。

喜歡對方的全部，包容對方的缺點，用心陪伴彼此，一同走過人生的順遂與低潮，是他們對愛的堅持。

沒有說出口的愛不是愛

——《納蘭詞》愛你猶如初見的虐心愛情

愛情慧課室

怡慧老師：

我是一個十六歲的高二男生，每天的日子都圍繞在玩手遊、打球、補習。我曾經以為自己還沒準備好談戀愛，但是那天早上，我在早餐店巧遇幼稚園的玩伴，突然意識到，我心中的「Miss Right」出現了……

瞬間，我的生活會自動連結到她的身影，我悄悄地喜歡上這位從天而降的「女神」。

後來的日子，只要能默默地看著她的身影，就覺得幸福。雖然她離我的世界遙不可及，我卻想不求回報地為她做些什麼。

在心裡默默暗戀著她的我，可以勇敢地向她表白嗎？一旦表白了，如果被拒絕的話，我們還能做朋友嗎？

愛不是自虐而是萬倍自愛

親愛的：

每個戀愛新手，都很擔心一告白就被判出局。如果你還不能確認對方心意時，就給出太Over的語言，如：我愛妳、我想和妳在一起，可能會嚇走對方喔！在你向對方表達愛意之前，至少讓她感覺到真實的你，是幽默的諧星，是憂鬱的小生，是陽光少男，對你有個清晰的印象再行動。你們能不能當朋友，需要時間發酵，相處過再勇敢示愛吧！

怡慧老師認為，告白不是壞事，不妨放輕鬆！愛是先學會愛自己，才有能力愛別人。因此，你可以拿出紙筆，先列出自己告白的優勢，想想告白之後是否有反效果？快速地衡量現在狀況，用系統化思考來破除先入為主的盲點，幫助自己作出更好的決定。

告白的優點	1. 想要勇敢為自己爭取追愛的自由。 2. 不想再因為曖昧而痛苦下去。
告白的缺點	1. 經濟尚未獨立，無法給予對方物質的支持。 2. 還不懂喜歡是不是真正的愛？ 3. 擔心告白後，會被對方討厭。
思考延伸點	1. 缺點多於優點，是不是要緩一緩？ 2. 需要再多聽聽別人的建議嗎？

很多人都認為高中生談戀愛是「早戀」，利少弊多。不過，愛一個人若只放在心裡不說出，陷入自虐而神傷的情況，也是不健康的做法。猶如童話般相遇的初戀，有著純粹的甜，也有著羞澀的酸。無論你最後是否採取行動告白，在感情的世界，能夠簡單就不要複雜，不妨認真與自己對話。無論是面對愛情、友誼、親情，釐清心中紛雜的訊息，才能作出正確的判斷。

再好的緣分錯過了，就只剩眼淚和悲嘆。一如活在他人掌聲中的納蘭性德，是完美男子的代表，一個零缺點的男人，卻在愛情的路上走得很坎坷辛苦，是受制於陰鬱性格有愛不敢言？還是愛得過於深沉，而失去真情互許的機會？在理想與現實的拔河中，他為何裹足不前，陷入自虐也虐人的感情泥淖裡？如果納蘭性德學會大聲說愛，大膽給愛，人生結局會不會圓滿一些呢？

完美官二代

啣著金湯匙出生在滿洲正黃旗的納蘭家族，這不叫權貴，誰又能排得上邊？二十一歲就考取進士，被譽為清代第一詞家，這不叫學霸，誰又敢自稱學霸？做為天子前驅的一等侍衛，這不叫皇帝專寵，誰又敢稱是當朝聖王的親信？細數這些炫目光彩的資歷，我們可都要羨慕起這位享盡無數星光、殊榮的天之驕子——他到底是誰？

納蘭性德，字容若，號楞伽山人，生於臘月，小時被稱冬郎。出身於書香世家的納蘭性德是大學士明珠的長公子，這位詩情的男子，一生詞作三百四十八首（一說三百四十九首），合為《納蘭詞》，時人云：「家家爭唱飲水詞，那蘭小字幾曾知」，納蘭詞在當時的影響力，可見一斑。

做為官二代的納蘭性德，沒有因為身分尊貴而染上驕奢之氣，從小就是過目不忘的神童，騎射尚武樣樣精通；說他內外兼美、允文允武，一點也不為過。他的自我要求高，嚴以律己，是被世人吹捧為至情至性的天才，誰知回首自己的人生，卻寫下了：「我是人間惆悵客，知君何事淚縱橫。斷腸聲裏憶平生。」

在他人眼中的人生勝利組，內心卻盈滿了淚水，他的悲與愁，真能撐起他人期待的無懈可擊的人生嗎？身邊聖明之君，是讓他煩惱的源頭；給他富貴顯達之父，正是令他心情忐忑不安的主要原因。看似完美的納蘭性德，心裡有著憂心惙惙、無語道淒涼的孤獨，常被心累、愁苦的情緒糾纏，而他以創作向內心扣問、鞭笞自己，何嘗不是對無瑕生命的苛求？在他千瘡百孔的人生中，有許多痛徹心扉的斷腸事，絕不是一般人所看見的平步青雲的幸運，或是擁有美眷的幸福。他彷若是人間匆匆過客，即使身在高門廣廈，對山澤魚鳥卻有眷戀之情。

官二代之中，誰不是追逐名利？誰不想成為同代人的翹楚？天性率真的納蘭性德，有著人人欣羨的資源，為何他的內心卻無法體會到比常人更多的快樂？為何在他的詞裡，找不到歡愉的句子？他用文字包裹著多少不能說的秘密，以及不為人知的悲涼心事？

顧梁汾曾說：「安知吾哥所欲試之才，百不一展；所欲建之業，百不一副；所欲遂之願，百不一酬；所欲言之情，百不一吐？」好哥兒們懂得納蘭性德的苦悶，他無法豪情地展現長才，建立真正的聖人功業，完成心中真正的心願，說出內心至情至性的真心話；活得太完美，正是讓他傷心的理由。

負心的人不懂真心的眼淚

看似平靜無波的官場生活，悄然無聲的政治鬥爭，讓善感的納蘭性德有難以傾訴的抑鬱和苦悶。所謂「君心難測，伴君如伴虎」，康熙皇帝讓他從三等侍衛的官職晉升為二等，最後再升為一等，眾人羨慕他魚躍龍門，但是官場上爾虞我詐的鬥爭、腹黑的人際往來，都不是他要的。

功名利祿向來不是他人生的第一選項，活得像一回事，才是他期待的人生。他被穿鑿附會的情史中，最有名的代表作是〈木蘭花．擬古決絕詞柬友〉。這闋詞一直被誤讀為他為情所困之作，但從「擬古決絕詞柬友」的詞題來推測，它比較像是一首仿古樂府的決絕詞，據考有可能是納蘭性德寫給知己顧貞觀的。

人生若只如初見，何事秋風悲畫扇？等閒變卻故人心，卻道故人心易變。驪山語罷清宵半，淚雨霖鈴終不怨。何如薄倖錦衣郎，比翼連枝當日願。

意思是：和意中人相處應當像剛剛相識的時候，甜蜜溫馨、深情快樂，你我本應相親相愛，如今為何變成相離相棄的局面？你輕易變心，卻反說情人之間本就容易變心。我們就像唐明皇與楊玉環一樣，在長生殿發過生死不相離的誓言，你最終卻決絕地告別。即使如此，我的心裡也不會生怨。但你又怎能比得上當年的唐明皇呢？他還是與楊玉環有過比翼鳥、連理枝的誓願。

納蘭性德以女性的口吻表態將與愛人決絕，刻意借用漢唐典故抒發閨怨之思。他以秋風悲畫扇喟嘆被遺棄的傷心，接著再援引〈長恨歌〉詩句，暗指逝去的愛已成過往雲煙。曾經海枯石爛的誓言，大多被現實風霜打擊得支離破碎了！面對變了色的回憶，回歸人生原點，若只如初見的簡單純淨，是否也觸發了你內心對純美感情的追尋？若真切地去爬梳詞人的情史，這闋詞應該擴大格局來欣賞，從閨怨延伸到友情的堅貞。而在納蘭性德的人生字典裡出現的「若」字，透露了深沉的無力、難以言喻的無奈之意，在

《納蘭詞》裡是世間最悲情的字眼。原來，詩人的字典裡沒有負心，只有真心；他的愁悶、他的淚水也只有懂他的人才能明瞭。

走得最急的，都是最美的時光

納蘭性德做夢也沒有想過，有一天愛情會來敲門，他會成為一個擁有幸福的男人。能被納蘭性德愛過的人，都化身為他詞作的美麗倩影，有文雅嫻靜的結髮妻子盧氏、有善解人意的紅顏知己沈宛。這兩個蕙質蘭心的女子，翩然走進納蘭性德的真實世界，也活在他永恆的詞作裡。

納蘭性德是清初的「女神收割機」，他不只高富帥，溫暖寡言的呆萌，正是魅力所在！只要愛上他，很可能就整個「掉坑」爬不出來！納蘭性德有讓人迷醉的眼神，做為完美的情人，他的浪漫不是噓寒問暖，不是鮮花燭光，靠的是真心與文才，憑藉的是真情與一闋又一闋的撩心之作。做一個讓人忘不了的完美情人，他的愛藏著獨有的靈性——

「遇見，是最美麗的意外；懂得，是最玄妙的靈犀。」天生擁有憂鬱氣質的納蘭

性德遇見兩廣總督尚書盧興祖的女兒盧氏，一個美到他都不敢直視的女神。那年納蘭二十歲，盧氏十七歲，康熙皇帝大方地替兩人賜婚了。

婚後，他褪去高冷的外衣，大展「暖男特質」，這對高顏值神仙眷侶，琴瑟和鳴、寸步不離的甜膩，不僅羨煞眾人，瀰漫四周的粉紅泡泡也閃瞎了大家的眼。

與相愛的人在一起，相處的每個瞬間，都讓人心動。盧氏的存在，讓納蘭性德忘記外面世界的你爭我奪；盧氏的柔情，讓納蘭滌淨了滿身塵灰。兩人依偎在彼此溫暖可靠的肩膀，納蘭性德也找回了那個文人雅士的自己。他與盧氏的三年夫妻歲月，情深緣淺；面對生離死別、陰陽兩隔，納蘭性德只能靠著記錄有關盧氏的點點滴滴，來療癒失去愛妻的心痛！每闋與盧氏有關的詞作都像是虐心獨白，「爆擊」了讀者的心：「盧氏，妳起來聽聽，我有想說的事，還沒能來得及告訴妳，這闋詞是我想寫給妳的……」看似老派的悼亡前妻行為、超浪漫的文字獨寵，也擄獲了無數讀者的心。

納蘭性德用賺人熱淚的文字不只悼念愛情，也呼喊著盧氏：「沒有了妳，我的心已成灰燼。」

〈為亡婦題照〉：

淚咽卻無聲，只向從前悔薄情，憑仗丹青重省識。盈盈。一片傷心畫不成。別語忒分明。午夜鶼鶼夢早醒。卿自早醒儂自夢，更更。泣盡風簷夜雨鈴。

意思是：面對突如其來的橫逆，我欲哭無淚、悲咽無聲，以前奔波於工作而薄情到很少有時間與妳相伴相守，想要透過為妳作畫，留下妳姣好的情韻，最後卻因傷心，再也難以傳神地畫出。妳溫柔的、荏弱的叮嚀，一遍又一遍地在午夜的夢中迴盪著，令人迷惑，也令人感到痛楚。逝去的妳是早醒之人，活在世上的我卻在夢寐中。相對垂淚的啜泣聲，伴隨著整夜的風雨聲、檐鈴聲，無休無止。

當男神寫完這闋詞，心也病了！沒有盧氏的生活，是無趣、無味的空白人生！失去摯愛，孤單寂寞覺得冷的感覺如鬼魅般地攫住他，他如行屍走肉般地活著，除了置身在兩人的回憶裡，稍微能感到一絲殘留的溫柔之外，看來此生已是了無生趣、生無可戀了。

〈浣溪沙〉：

誰念西風獨自涼，蕭蕭黃葉閉疏窗。沉思往事立殘陽。被酒莫驚春睡重，賭書消得潑茶香。當時只道是尋常。

意思是：秋風涼颯，孤獨的情懷有誰惦念？枯黃落葉紛飛，遮蔽書窗，佇立在夕陽下，憶起茫茫往事。喝酒小睡，春日正長，過往閨中賭書潑茶的往事，當時看來也只是平常事，如今已變成求之不得的夢想。

悼亡之作問句而起，透過黃葉、疏窗、殘陽之秋景氛圍，勾起孤寂淒清的沉思。借用李清照夫妻琴瑟和鳴的生活為喻，憶起亡妻盧氏的尋常往事，往日兩人談笑晏晏的美好時光，隨著愛妻離去，漸行漸遠的恩愛風景，如今已成作者獨自承受的酸楚苦澀追憶。盧氏曾如納蘭生命的冬陽，溫燦過他淒冷的心扉，為闃黑的人生長廊灑下愛的曙光。失去了盧氏，只是再次把納蘭性德打入了人間地獄。他的一顆心交給了盧氏，兩人的激情燃燒過的美好時光，都成為「愛有多重，痛便有多深」的印記，悼亡詞情也真，展現了男神「純任性靈，纖塵不染」的氣質。

當幸福再度來敲門

完美得不似世間男子的納蘭性德，不只高處不勝寒，為人處事曲高和寡的他也是知己難求。曹雪芹的祖父曹寅，是男神的同僚兼好友，曾提到：「憶昔宿衛明光宮，楞伽山人貌姣好。」納蘭性德儀容優雅、風姿出眾，這是經過眾人認證過的。

納蘭性德本以為自己此生不會再愛了！弱水三千只取一瓢飲的他，曾殘忍地對身邊的女子說過：「妳別愛上我，我真的會很為難的；妳別愛上我，我沒有辦法對妳負責。因為我的心住著一個不會走遠的盧氏。」

沒想到，老天這次再給予他愛的奇蹟，納蘭性德遇到和自己脾性相近、彷彿懂得讀心術的沈宛，這次他選擇大膽地愛了。他與沈宛以詞互訴衷情，交出了愛的海誓山盟。

但是，這次納蘭性德衝撞的是滿漢不通婚的禁忌，挑戰的是門不當戶不對的社會階級，道不盡的滄桑已成納蘭性德眉宇一貫的神色，這讓原本猶豫的沈宛也有些退卻了！納蘭性德霸氣地向沈宛說出如韓劇男主的臺詞：「妳應該要待在我的視線裡，只要妳還在我的視線範圍內，我就會保護妳！」

江南才女沈宛（青格兒），抵擋不住這樣的大膽示愛，兩人偷偷用文字許彼此一輩子。明知這場愛如飛蛾撲火，卻約定了莫回頭。他是真心要帶著沈宛歸隱山林，不問世事，相守到老。

沈宛「江南歌姬」的身分，讓納蘭性德的父親決絕地要求他們分手，沈宛這樣的身分，是一個進不了納蘭家的魔咒。無法有沈宛常伴身邊的痛苦，在他的心底劃上了一道深深的傷痕。面對這段坎坷情事，才子男神還是留下了相愛的紀錄。

〈南鄉子〉：

煙暖雨初收，落盡繁花小院幽。摘得一雙紅豆子，低頭，說著分攜淚暗流。人去似春休，卮酒曾將酹石尤。別自有人桃葉渡，扁舟，一種煙波各自愁。

意思是：雨後初晴，遠處升起溫暖霧氣，幽靜的小園繁花落盡。伸手輕輕摘下一雙紅豆，低下頭，想起我們相隔兩地，不由得淚流滿面。人離開後就像春天逝去，容顏不再，繁華易逝。我拿著酒，面對溪流而傷神。就算是有人面桃花，駕著一葉扁舟，也是一種相思、兩處閒愁。

納蘭性德以時光醞釀過的筆墨，寫出面對離恨無法自拔的悲愴情深。這闋詞刻意用幽靜的景況突顯分別在即的兩人，相對無語淚盈眶的傷感。唐代詩人王維喜用紅豆象徵愛情或相思，引用石尤氏化作大風阻止愛人遠行的典故，期待女主能效仿其做法。只是，天不從人願，愛人最終仍駕舟翩然離去，只能獨自品嘗分離的憂愁和痛苦。

又如〈採桑子・詠春雨〉：

而今才道當時錯，心緒淒迷。紅淚偷垂，滿眼春風百事非。
情知此後來無計，強說歡期。一別如斯，落盡梨花月又西。

意思是：現在才知當初我做錯了，心中淒涼迷亂。眼淚默默落下，滿眼看到的都是溫暖春風，世事卻不如從前。後來知道沒有辦法改變，勉強自己稱說快樂。像這樣的別離之情，就像梨花落盡，月亮卻已在天空的西方。

幸福是來敲門了，但命運卻又狠狠地把門闔上，一開一闔，讓沉靜的納蘭性德變得更加自虐，忘記萬倍自愛的道理，人生也走進情傷裡去，沒有說出口的愛不是愛，沒有奮力爭取的愛，終究是不可得。

年輕生命的殞落

一邊是親情，一邊是愛情，這次的虐愛，把納蘭性德折磨得不成人形。在強勢的父親面前，他乖順地扮演著善良的兒子；在深愛的沈宛面前，他要強悍地守護兩人的感情。那夜，他與友人一醉方休，突然重病不起。七日後，一代才子駕鶴西歸，留下難解的愛恨情仇，最終都化為一縷傷感的塵土。

這個悄然凋零的生命，曾卑微地希冀與深愛的人優遊山巔水湄。納蘭性德脫俗的心，被鎖在官場仕途中。御前侍衛之職，讓他頹喪地寫道：「我今落拓何所止，一事無成已如此。平生縱有英雄血，無由一濺荊江水。」多愁之人必自傷，多情之人必自苦，與沈宛的虐愛，把納蘭性德折磨得連珍貴的生命都要失去了。

這一生，納蘭性德活得夠清明單純，自然能擁有美麗的詩心，因此王國維《人間詞話》說：「納蘭容若以自然之眼觀物，以自然之舌言情。此初入中原，未染漢人風氣，故能真切如此。北宋以來，一人而已。」

做兒子的他不敗家也不坑爹；做情人的他不多情也不濫情；做臣子的他不開口也懂皇帝的心。即便拿著放大鏡，著實也找不出他的毛病。若要說他的缺點，就是這個人太有偶像包袱，刻意把自己神化得太過完美了，不只刻薄自己的心、壓抑自己的情，忍受世界對他的無理，即便痛苦萬分也從不反抗，他忘記大聲說出自己的感覺，才能讓人不用再猜心。憋屈又隱忍的性格，成了奪命的隱形殺手，原本閃亮的文壇明星，瞬間殞落，令人惋惜。這個從不輕易說「不」，也絕不讓人失望的納蘭性德，注定最後自虐虐人的傷心結局。

翩翩才子納蘭性德生在富貴家，文武雙全，才德兼備，為何自嘲「不是人間富貴花」？他不願隨波逐流，與王公貴人贈酬來往，把真情至性慷慨給予落拓才人；在職場上，他始終選擇演好自己想要的角色，不願媚俗求全。

他燦美如櫻的三十一年人生中，宛如一齣華麗悲傷、淒婉動人的清宮小曲。在命運的擺布下，與佳人天長地久成為難圓的綺夢，無緣再逢解語花。當你讀懂風格清新雋秀、哀感頑豔的《納蘭詞》，或許就能找到詞家不能說卻傷心斷魂的理由——命運給了他最好的，也給了他最壞的；命運給他一顆糖，也賞他一巴掌。難怪，讀著他的詞作會心痛、會沉醉，會對他投以滿滿的同情與不捨，納蘭性德的一往情深、深幾許，一場在眼淚中無法追悔的感傷與遺憾，也讓讀者不禁淚潸潸而神傷了。

愛情只是回眸一笑的塵緣？——天上謫仙人李白不想提的情史

愛情慧課室

怡慧老師：

我是高三的重考女生，高三那年，我愛上了學校的風雲人物，他是班上的模範生，也是全校的萬人迷。有天，我向他告白，竟然被他秒回覆：「沒問題，我們就在一起吧！」

我從沒想過，這個不自量力的告白，最後竟然把自己打入萬劫不復的黑暗世界裡。男友長得好看又多金，無論走到哪裡，都有妹子愛慕的眼光投注而來。他那雙閃爍的眼睛，就是臺發電機，任誰擋也擋不住。感覺上，除了我這個正牌女友之外，還有乾妹妹、粉絲、路人甲乙丙在排隊，等著跟他要關照。他要經營的圈子太大，最後，我快要被那些和他搞曖昧的女生逼到退無可退了！

每次想到他身邊推不開的姐和妹、不能拒絕的飯局，都讓我的疑心病爆炸，最後又在淚水中和解了。我因為嫉妒的情緒作祟，一直無法靜下心來念書，變成了流連在南陽街的重考生。

現在，軟弱的我到底要留下，還是要勇敢地揮一揮衣袖，從他的生活中消失呢？

愛上超級發電機的勇氣

親愛的：

長相出色、經濟條件佳，加上口才流利，的確在情場上占有無往不利的優勢。但是，不能輕率歸類說，萬人迷都比較花心，應該說，他們是深具個人魅力的發光體，自然容易引人注目，容易有比較友善的人際關係。

倘若妳愛上萬人迷，也可以用正向的心態與他相處，以下這四個指標可以幫助妳觀察，他是否是值得妳託付的萬人迷？

第一個指標是他有開放的心胸，對人保持友善的態度。有時候，對人客氣不是濫情，而是保有彼此尊重的和諧關係。

第二個指標是他不會利用高人氣做複雜的人際來往。他的善良不是演出來的，是打從心底散發而出的，更不會把跑趴當成日常娛樂。

第三個指標是做人有善惡底線，不怕被討厭。即便是圈粉圈很大的萬人迷，還是會有是非標準，對事情還是有高度與態度的。

第四個指標最重要，即便他是萬人迷，他的眼中也只有妳，千山萬水走一回，妳還是他牽在手心的心肝寶貝。

愛上萬人迷，只要心態正確，還是能讓妳擁有做自己的勇氣，而不是一定要獨嘗當個邊緣人的沮喪。或許，詩仙李白的情史，也可以給妳面對萬人迷一點點提燈的指引與燦亮真愛的未來。面對飄逸如風的李白，妳可知道，誰是能夠讓他真正停下腳步駐足且共剪西窗燭的女子呢？

詩仙情史很不簡單

李白，字太白，號青蓮居士，盛唐詩人，世人稱他為「詩仙」、「詩俠」，是盛唐的浪漫派詩人，更是詩壇光彩炫目的明星。有關才子李白開外掛的表特版，相信最引人好奇的就是大家敲碗敲很久的說個三天三夜也不累的白哥情史吧！

據說李白有過兩段正式的婚姻紀錄，兩段戀情則是露水姻緣，只有同居之實（也就是沒有辦過儀式、簽過正式文件的）。不過，耐人尋味的是，為什麼李白兩次的婚姻都做了「上門女婿」，選擇入贅女方家？

二十七歲的李白，第一次婚姻被說成「高攀」安陸許氏；進入中年的第二段婚姻，又被暗指依附宗氏名門，再次被貼上「愛把婚姻當作酬庸」的標籤。有人說，李白為了漂白身分的黑歷史，讓他面對婚戀選擇時，看上的其實是躋身李唐上流社會的門票，而非愛是一輩子承諾的天長地久。朋友眼中「千金散盡還復來」的闊氣李白哥，瀟灑俠客是他的人生注解，但感情世界的真實面，或許如同〈贈內〉寫的：「三百六十日，日日醉如泥。雖為李白婦，何異太常妻。」

天性飄逸的李白並非刻意與好老公角色劃清界線，但儒家談的倫常與分際，他總是不看在眼底。大家遵守的社會秩序，不是他的人生規範，即便縱肆的酒品、狂放的行徑，讓他對丈夫這個角色一直做不到位，但他心裡的自責與自省是真誠的，從他故意用每日齋戒嗜酒的太常和醉意朦朧的自己進行諧趣的類比，幽默的李白，真的會讓老婆覺得心很累。

嫁給一個不懂生活情趣的老公已經很惱人了，還常把自己的行為合理化，真的會讓人有嫁不對人的感嘆。到底他是個心裡只有自己的失格丈夫？還是凡事看很開的佛系老公？〈襄陽歌〉：「百年三萬六千日，一日須傾三百杯。」看到這裡，令人不禁懷疑李白的情人到底是誰了？日日相伴的不是賢內助，而是不離身的酒朋友。或許，李白永遠在找尋一個能與之浪漫相襯的靈魂，不過，現實生活難遇的遺憾，酒倒是給了他一個想像的觸媒，在似真似假、半夢半醒之間，他彷彿找到一個能懂得自己的伴侶，給了他片刻安靜的歇息。在感情世界中充滿謎樣色彩的李白，到底想傳達何種愛情觀呢？

謎樣的身世——我是仙，不是人

李白的真正身世，沒人知道；有人說，他可能是罪人之後，也可能是商人之子。這樣的出身，讓他連考進士的資格都沒有，但傲嬌的李白怎麼會向命運低頭呢？他不可能用奴顏婢膝求人給機會，他狂妄地狂貼文自白：「我是天才，是個仙人，怎會和平庸之士去爭進士的名額呢？」

他無法走正常取士管道，就自創專屬的成功捷徑：善用自媒體，自己舉薦自己，把自己炒作為文化網紅。他不用寒窗苦讀，不用他人背書，天天在專屬的頻道推銷自己，竟然一夕爆紅，讓他名滿天下。

李白自立自強，活得精采，有人推測愛寫酒的他，也可能是賣酒的大盤商，是最會置入性行銷的廣告業配王。

走這種非常人路線，只有李白能走得漂亮，走得鏗鏘有力；沒有人能複製他的路，挑戰他的才華，超越他的人生設定！

二十五歲離開四川，他沒有給故鄉的親友寫過信，他熱愛自由、喜歡四處浪遊，一般人眼中的儒家道統，成了層層捆綁他的負累與束縛。李白舉重若輕地自撕標籤，他和莊子一樣，不扛家庭重擔、不背負文化包袱，他沒有走世俗規範的路，他也不想當誰的複製品，他說自己該說的話，做自己想做的事，是多麼逍遙的「仙人」。

大唐豐沛的文化底蘊、商人家庭的教養，讓他不按牌理出牌的選擇，成為另類又獨特的個人商標。他對親人表現出不聞不問的淡然，卻對天地間的萬物戴上有情的濾鏡。專注做自己、企圖走出儒家路線的叛逆，追求仙風道骨的生活，渾身瀰漫仙氣的李白，也在朋友和情人心底留下了另一種生命風景。

粉絲變朋友，李白罩得住

後人常把李白列為詩人排行榜首席，李白的爆紅，來自他願意經營個人粉絲團，加上疼愛粉絲的貼心行徑，算是詩人界首屈一指的圈粉王。對粉絲噓寒問暖的他，從不吝惜把自己的詩文當作禮物，大量送給支持他、崇拜他的讀者朋友們。明明就是眾所矚目的大明星，還能這樣蹲下身軀與「粉」同在，既親切又親民，李白的成功不是沒有原因的。

唐代新興商人階級造就他看待世界的視角不同，哪裡有商機，哪裡有機會，他是有商人直覺的。他明白：若要翻身，得經營強大的人脈，人際關係不只要擴得深，也要結得廣。

首先，他把自己得意的作品送給同僚，成功圈住賀知章、孟浩然、杜甫、高適的心，這些詩壇名人不斷幫他推播造勢、轉傳作品。同時，李白也沒忽略底層士階級的感受，只要入我圈，都是我白哥的朋友，上至王公貴人、下至庶民百姓，全部一視同仁。因此，從粉絲變密友，圈內的魏顥可說是一絕。李白很信任他，不只讓他能走進自己的生活圈，還請他記錄自己的日常生活，擔任粉絲團小編的工作，可以替他發文，讓更多粉絲認識走向人間的白哥。魏顥是個很用心的鋼鐵粉，他費心追蹤李白出沒的地方，李白開簽書會必到，李白去哪家餐館飲茶、吃飯，一定搶著買單！李白去哪裡遊歷，即便千里之遙，他也要追去，只要能拍照同框就心滿意足。如此大費周章，比起迷妹追星的瘋狂行徑，有過之而無不及。

李白剛開始還有點驚訝與不自在，後來看到魏顥總是默默地真心相挺，那份自然流露的崇拜眼神，讓感性的他甚為感動，最後結為忘年之交。有一次，他還推心置腹地對魏顥說：「你是個人才，要好好奮進，我很看好你的未來，如果你發達了，千萬不要忘了你的老大叫李白喔！我的孩子明月奴呀！你也要幫我提拔提拔、照顧照顧喔！」

魏顥聽完偶像的勸勉，開始發憤圖強，結果變成厲害的文青學霸，還考中了進士。魏顥飛黃騰達之後，也沒忘記要把偶像的詩文編成集子，對李白獻出了純粹熱烈的支持。李白感動不已，還將《送王屋山人魏萬還王屋》做為兩人的贈別作。

詩歌界「流量天王」李白不只浪漫飄逸、放蕩不羈的氣質吸引人，還願意主動把粉絲當朋友，這種氣度與能力，也只有李白當之無愧呀！

初為人夫，許妳一生一世的浪漫

愛情一直不是李白人生中的主旋律，但誰能讓性情令人捉摸不定的李白，願意停駐，是大家所關心的。

魏顥《李翰林集序》記載：「白始娶於許，生一女二男，曰明月奴。女既嫁而卒。又合於劉，劉訣。次合於魯一婦人，生子曰頗黎。終娶於宋。」

李白第一次婚姻是娶前宰相名門之後的許氏。許氏祖父許圉師是唐高宗時期的宰相，《舊唐書．卷五十九．列傳第九》：「紹少子圉師，有器幹，博涉藝文，舉進士……龍朔中為左相。」

向來不拘傳統羈絆的李白，剛開始沒有「愛了就愛了」的灑脫，那份扭捏來自於要他當許家的上門女婿。入贅與否，也成了他在愛情中過不去的坎。

後來，文壇前輩孟浩然等人給了他建議：「婚嫁講究門當戶對，許氏性情溫和、模樣絕色，隻身從四川到長安打拚的你，若有個富爸爸可依靠，可少奮鬥三十年，你沒有理由拒絕這個完美婚姻。」

這杯毒雞湯一喝，李白終於開悟了：「如果老天不給你好背景，你就得靠自己去博取。」好友魏顥在《李翰林集序》隱諱地避開李白入贅的事實，倒是自己在〈上安州裴長史書〉坦蕩地說：「許相公家見招，妻以孫女，便憩跡於此，至移三霜焉。」

李白的身家背景彷若是文壇的謎，他曾在公開場合說過：「我是隴西成紀人，是漢將軍李廣之後，涼武昭王九世孫。」卻拿不出表明身分的「譜牒」（記載家族成員生平和關係，也是門閥士族認證的書面資料），說再多也只是吹捧自己。與其謊稱自己是世襲的名門貴族，不如和皇室關係密切的許家結盟，名門的面子有了，朝廷新貴的裡子也有了。

李白與許氏生活十三年，擁有一女一兒。女兒名為平陽，兒子小名明月奴，後改名為伯禽。李白對許氏動了真心，曾陪她住在安陸白兆山桃花岩，過著類隱居、享受耕讀的田園生活，這種安靜恬適的夫婦關係，是萬人迷李白認真許對方一生一世的承諾。後來，有人臆測李白結婚的初衷，讓火爆的李白親自跳上火線說：「入贅並沒有什麼可鄙的，也不要把入贅說成男人吃軟飯。我的婚姻我負責，關卿何事？男女平等的時代，誰入誰家門，都是可以自在選擇的。」

李白對夫妻關係的想法跨越婚戀的舊思維，他選擇了許氏，就不怕酸民們的訕笑。

從〈長干行〉更可看出李白的愛情觀：

妾髮初覆額，折花門前劇。郎騎竹馬來，遶牀弄青梅。同居長干里，兩小無嫌猜。十四為君婦，羞顏未嘗開。低頭向暗壁，千喚不一回。十五始展眉，願同塵與灰。常存抱柱信，豈上望夫臺。十六君遠行，瞿塘灩澦堆。五月不可觸，猿鳴天上哀。門前遲行跡，一一生綠苔。苔深不能掃，落葉秋風早。八月蝴蝶來，雙飛西園草。感此傷妾心，坐愁紅顏老。早晚下三巴，預將書報家。相迎不道遠，直至長風沙。

意思是：當我的頭髮剛蓋過額頭時，在門前折花做遊戲。你騎著竹馬而來，和我把弄青梅，繞床追逐嬉戲。我們同住長干里，從小就沒什麼猜疑嫌隙。十四歲時，有幸嫁給你為妻，因身分轉變而害羞，沒露出過笑臉。常低頭對往牆壁的暗處，不管你再三呼喚也不敢回頭。十五歲時，開始舒展緊皺的眉頭，真心想要天長地久地永遠和你在一起。抱持著至死不渝的信念，怎能想到會有走上望夫臺的事？十六歲時，你離家遠行從商，去了瞿塘峽灩澦堆。五月水漲淹沒灩澦堆，危險而不可相觸，兩岸猿猴啼哀聲上傳天際。門前曾留有你離家時徘徊的足跡，現在漸漸地長滿綠色苔蘚。綠苔深厚，不好清掃，早來的秋風吹起樹葉飄落一地。八月黃蝶成雙飛舞，在西園草地盤旋。看到此情此景不禁傷心起來，憂愁的時光讓我的容顏逐漸衰老。無論什麼時候，你想下三巴回家，請預先傳個家書給我，我一定親自迎接你，不怕道路有多遙遠，我會在最遠的長風沙等你。

長干在今日的江蘇南京，這裡住著很多商婦，她們家中的男子離家謀生或打拚事業，獨自生活。在這首愛情敘事詩中，李白化身為商婦的口吻，訴說過去兩小無猜、相互嬉戲的天真；出嫁後，從陌生到熟悉的新婚生活，滿溢甜蜜的時光。但是，丈夫遠行後，閨中少婦的離別愁緒表達了對遠方丈夫的殷切思念，也傳達了女性原來可以追求愛情，還可以勇敢地到遠處迎接丈夫，勾勒出大唐時代男女平等的愛情觀。

李白商人之子的身分，對於思念遠行丈夫的少婦感同身受又描寫細膩，最後兩句透露了愛情真誠堅貞的想像。等待丈夫歸來雖然辛苦，但不辭長途跋涉、直奔遠方的勇氣，以及迎接愛人回家的熾熱、奔放的心情，就是李白筆下的女主。

「直至長風沙」沒有一般閨怨少婦無法自拔的自怨自艾，以及剪不斷的愁緒。一往情深的可愛女子，展現面對愛情時主動迎接、不畏艱險的積極形象。幸福不用等待，長相廝守要靠自己努力爭取……

大文豪也被秒分手

李白的筆下寫過許多美麗多情的女子，也留下了唐玄宗、楊貴妃之間浪漫的愛情。唐代結婚講究門第，從現實面來說，它牽扯到顏值、人脈履歷、經濟條件。李白是自傲又自卑的，有些無法靠努力抹去的原生標誌，讓他的性格中有種不服輸的情結：「大鵬一日同風起，扶搖直上九萬里。」、「仰天大笑出門去，我輩豈是蓬蒿人。」儒家走的是內斂謙懷的路線，他則是外放又鋒芒四射，閃瞎眾人的眼，也只是剛好而已。他把志向看得很高遠，不甘心成為一個平庸的俗人，極力漂白出身，甚至選擇用婚姻來讓自己徹底翻身。第一段婚姻的後期，他頻繁地離家，看起來是想靠自己找工作謀生，也可能是自我放逐，和許氏之間的感情莫名地變淡、漸行漸遠了。

別笑李白，大唐名人哪一個不是政治聯姻？論排場與階級的婚戀比比皆是，包括王維與博陵崔氏、杜甫與弘農楊氏、韓愈與范陽盧氏、杜牧與河東裴氏……家族聯姻，只會強上加強，好上加好！少奮鬥個十年、二十年、三十年是文人娶妻的集體共識，李白和許氏的婚姻，你可以說他功利，但不能說他出賣了愛情。直到許氏離世，李白的心

還是繫在她身上的。許氏溘然離世，李白自是傷感，他獨自帶著兩個孩子生活，遇見了一個錯的人，也就是劉氏。李白想幫孩子找個溫馨的家，看見對他熱絡的劉氏，一時也沒看清楚現實，就走在一起了。

劉氏對李白來說，是一段痛苦的記憶。劉氏性格功利又不溫婉，李白生性豁達，遇上事事斤斤計較的劉氏，真有娶錯人的嗟嘆與憤恨。劉氏三不五時就對李白冷眼訕笑，對比溫婉的許氏天天用柔情等待這個不回家的男人，偏偏劉氏就是不買李白的帳。

與劉氏的這段情，讓李白身心俱疲，面對仕途的不順遂已經很悶了，原本轉念一想，想與劉氏過著一家四口和樂融融、閒雲野鶴的生活，劉氏的態度卻是一次比一次更火爆，讓李白忍不住大嘆：「早知如此，不如不要相識！」令他更鬱悶的是，劉氏後來還任性地離家出走，用個性不合來個秒分手，神隱去了。

這個恥辱，李白是記上心了。劉氏是少數會被李白在朋友圈說黑話的女人，當他被徵召入京時，就以〈南陵別兒童入京〉來消遣、譏諷劉氏的拂袖而去：

會稽愚婦輕買臣，余亦辭家西入秦。仰天大笑出門去，我輩豈是蓬蒿人。

意思是：當年會稽愚婦看不起貧窮苦讀的朱買臣，如今，我也要辭家去長安享受平步青雲的人生。我仰頭朝天大笑，走出家門，一解愁悶，像我這樣的人哪能長期在草野鄉間虛度大好時光？

李白煎熬地等待許久，終於拿到可以入京一展抱負的入場券，刻意用會稽朱買臣典故來酸了劉氏一頓。朱買臣的妻子嫌他貧賤，離開了他；後來朱買臣得到漢武帝賞識，做了會稽太守。他自比朱買臣，用挑釁的心態形容劉氏的寡義薄情：「會稽愚婦」、「仰天大笑出門去，我輩豈是蓬蒿人」，可見李白對於心裡受的傷還是無法雲淡風輕，LET IT GO！後來，李白還多次發表斥罵劉氏攀權附勢的詩文，宣洩他對這段感情的無言與憤怒。

為李白擲千金的紅粉知己

到底怎樣的女子，才配得上李白？謫仙人在最後一個感情驛站，遇見了知曉音律、善於彈琴的梁園才女宗煜，她是前朝宰相宗楚客的孫女。這位奇女子在天寶三年看到李白在梁園所作的〈梁園吟〉，被李白的才情給震懾到動心了！對酒高歌的霎時，李白就能即興賦詩，這樣的才子，讓一向心高氣傲的宗氏，立刻被李白秒圈粉。面對有人要求李白出來面對，要為在壁上荒唐寫詩的行徑負責時，宗氏大器地跳出來阻止：「姐就是要留下李白的面壁之作，再貴我也出得起！站在李白作品前，暫時與之同框，何其幸福！」

宗氏千金買壁就是要宣告天下，我無限期支持李白！再貴的作品，我都會買單。兩人素未謀面，透過詩情琴韻交流，就成了文字上的知音。身為粉絲，護主心切的心情躍然紙上。情場失意很久的李白，遇到這樣的女子，怎麼可能不愛上她呢？

但是，命運為何又要安排他再度面對入贅的考驗？

李白的兩次婚姻對象都是前朝宰相的孫女，兩人都是出身名門、家財萬貫的富家女。或許你會臆測李白把麵包看得比愛情重要，他是有心計地追愛。不能說李白心機重，婚姻自不是兒戲，看到父親李客在商場上的拚搏，錢難賺易散、貧賤夫妻百事哀，有了好家世，就能建立超強的人際關係網，何樂而不為？

李白一生自由自在地優遊四海，還能夠一擲千金，不只靠裙帶關係，他自己也很爭氣，用爆表的才氣控場，打響了名氣。他的人脈越廣，隨之而來的潤筆費更是水漲船高，只要地方官和商家有需要，他必然會幫忙做業配。魚幫水、水幫魚，李白掛名推薦的實力，也讓他成為盛唐少數經濟無虞、名利雙收的詩人。

即便李白和宗氏聚少離多，但是他們真心相愛，當李白在政治生涯中選錯邊，跟隨永王李璘叛變後，被以叛逆罪名關進監獄，流放夜郎。宗氏不只親自搶救，還透過家族人脈，散盡家財，四處求人搭救丈夫。在李白被赦免後，兩人齊心走向求仙之途。最後，李白選擇對愛放手，鼓勵宗氏上山求道成仙，了斷與她的情緣。

看來，他對宗氏是真愛了，寧願選擇孑然一身，也要讓宗氏去追求真正長存的生命奧義。

月光情人還他一世的寧靜

李白習慣活在喧囂塵世裡，做起事來風風火火，請客玩樂也是一等一。他去哪兒，粉絲就跟到哪，連杜甫都甘願擔任他全球粉絲後援會的會長，傾畢生之深情跟隨他。擁有眾多粉絲，混血的臉孔，逆天的長相，如仙人般橫溢的創作繆思，更顯李白猶如鑽石的獨特性。白哥一站在盛唐的舞臺，不用說話，就渾身散發絢麗的光彩，像個王子一般，讓人視線一刻都捨不得離開。

兩次入贅的婚姻，遇到一個嫌東棄西不長眼的劉氏，不只主動鬧分手、說再見，搞得李白灰頭土臉，對感情事看淡了，也不想再提。

雖然愛情是李白人生的次要選擇，但〈怨情〉提到的愛情觀是前衛又專情的：

新人如花雖可寵，故人似玉由來重。花性飄揚不自持，玉心皎潔終不移。故人昔新今尚故，還見新人有故時。請看陳后黃金屋，寂寂珠簾生網絲。

意思是：如燦花般的新寵貌美嬌嫩，讓你貪戀而時時寵愛她，但別忘記過去夫人也是如美玉般的端正莊重。有些人像輕浮飄蕩的楊花，而夫人內心卻是如玉般皎潔、情深不移。當年，迎娶夫人時，她也是獨寵的新人，時間久了，你失去新鮮的感覺，試問今日新寵會不會也是明日故人？漢武帝身邊的陳皇后，當年帝王金屋藏嬌的愛意有多深重，後來，她還不是被武帝遺忘，宮內珠簾還結了蜘蛛網，孤寂地過完下半場人生。

說到底，李白也不是個無情的人，他以女性角度譴責男性感情不專的薄情，站出來為女人發聲。只是，這樣充滿傳奇色彩的男子，永遠停不下來也靜不下來。唯有遇見月光情人，當他舉頭望明月的剎那、飲酒微醺的當下，他才是真正地解脫了！因為美酒和月亮明白他的惆悵，讀懂了他夜夜笙歌背後，期待被深愛的真心。他的心寧靜了，孤獨也不再寂寥，一如〈月下獨酌〉所寫的：

花間一壺酒，獨酌無相親。舉杯邀明月，對影成三人。月既不解飲，影徒隨我身。暫伴月將影，行樂須及春。我歌月徘徊，我舞影零亂。醒時同交歡，醉後各分散。永結無情遊，相期邈雲漢。

美好的月夜，李白怎會孤身一人站在花下獨酌？這種寂寞是刻意的抽離，讓自己與安靜對話，親近內在冷寂的情愫。李白的內在轉換也是高明的，從孤獨到不孤獨，再從不孤獨到孤獨，如此複雜細膩的情緒轉變，體現物我之間無所容心的人生況味，即便懷才不遇、放浪形骸，也能享受月光下獨飲的風雅與和寂寞共處的自適。

李白的死眾說紛紜，喜愛他的人都癡心地相信專屬的傳說——李白醉酒後，浪漫地想撈月，卻不勝酒力，跌墜江內而死。

生活從來不是只有夢幻的書、畫、琴、棋、詩、酒、花，李白卻誇口有「千金散盡還復來」的本事；不可一世的李白，把自己塑造成無所不能的超級英雄。明月是李白生命與情感的歸宿，可視為李白澄淨靈魂的分身，月亮在精神層次上可視為李白的真情人。

或許，在感情中跌了一跤的他還沒學會：夫妻世界也好，情人關係也罷，其實給了心，就不用猜心了。李白的心飄忽不定，忘記枕邊人求的是深情關心和溫情陪伴而已。只要每個回眸，都像初識時的驚豔與悸動，女人就會傻氣地認定你、跟定你了！彼此最美好的永留於心，不會磨滅。

李白或許有一顆同理女性的心，卻少了一份溫婉相對的情，看來愛情也是詩仙難以修練圓滿的人生功課呀！

輯二

小說也情真

有一種愛，死了也不放手
——把你放在我心中的〈梁祝化蝶〉

愛情慧課室

怡慧老師：

我是一位十五歲的女生，最近正在準備國中教育會考，坐在我身邊的學霸男生，不只常常教導我許多學業上的問題，也對我上演溫馨接送情，天天騎You-Bike送我回家。可惜，好景不常，我們交往的事被對方家長發現，因為他的成績變差了，和家人關係變得緊張起來，不只他的父母竭力反對，我的父母也加入戰場，開始百般阻撓我們來往。

我們只想單純地交往，為何大家一定要阻撓我們談戀愛呢？難道相愛有錯嗎？大人們一定要逼我們用激烈的方式來守護愛情嗎？

愛情是阻力，也是助力

親愛的：

妳沒聽過「留得青山在，不怕沒柴燒」？只要冷靜下來，就能找到解決困難的方法。

心理學家說：當阻力越大，戀人受到外界干涉越多，感情就會越深，稱為「禁果效應」。此刻，建議妳不宜產生激烈的對抗行為，或在衝動心理驅動下，選擇離家出走。

當愛情的選擇被侷限、目標不能實現時，有些人會意志消沉、心理失衡，甚至悲觀地興起輕生的念頭，藉此向家人或社會抗議。怡慧老師要告訴妳的是：「負氣不能解決問題。」遇到難題，除了馬上尋求協助，也可以透過思維魚骨圖，找到處理事情的策略。

1. 先將問題寫在右端，當作魚頭：例如「如何解決感情受挫？」。
2. 從左端到右端畫一條線當魚骨，連接剛剛寫下的問題。

3.寫下造成問題的變數，例如：成績下滑、家人反對、朋友背離、社會不認同等，成為中骨。

4.針對每個變數再畫出箭線，提出「為什麼」的意見，一層一層地分析下去，可以看出其中的癥結，成為小魚刺。例如，成績下滑、念書時間變少、容易分心、恍神……看到原因之後，再找出具體方式來解決問題，例如用「番茄時鐘法」，可以讓妳念書時更容易專注，進而提升成績。

愛情是人生中很重要的一環，但可能不是全部。遇到挫折時，不只要從自己的感覺去思考，也要考慮到家人的感受和社會的期待，理性地分析，用更積極的心態來正面解決問題，這樣可以幫助妳找到勇氣和方向。

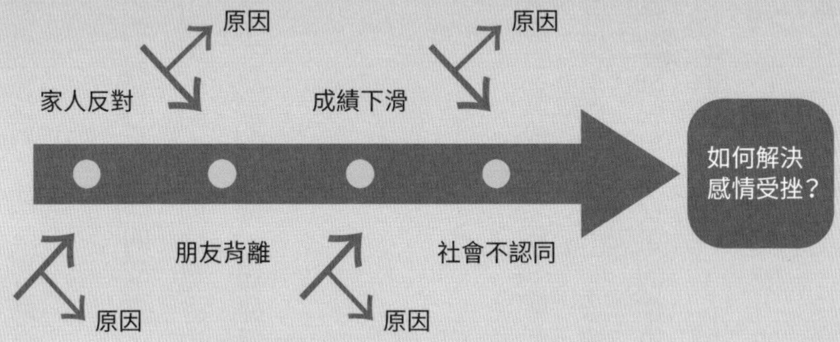

面對愛情，妳無須向命運屈服，在理性思維的驅動下，找對方法，提高自己的抗壓性，也許就能得到意想不到的美滿結局喔！

據說古代只要有五戶垂楊之處，就有人傳唱「梁山伯與祝英台」的故事。當顏值比男人俊美的富家女祝英台，遇見力爭上游的老實男梁山伯，兩人之間究竟會擦出什麼樣的火花？又會留下什麼虐心橋段呢？這段纏綿悱惻、賺人熱淚的愛情，如何替「想愛又不能愛」的戀人們解套？

東方版「羅密歐與茱麗葉」

「梁山伯與祝英台」是家喻戶曉的故事，它不只訴說一個棒打鴛鴦、地老天荒心不變的愛情故事，某個程度上也反映傳統女性為了追求愛情，勇於做自己的意識崛起。在這個唯美的悲劇背後，呈現的是女子不畏社會壓力，企圖跳脫男尊女卑的枷鎖。它與「西施」、「孟姜女」、「白蛇傳」並列為中國四大愛情故事的「神作」，在民間廣為流傳，對庶民生活的影響頗深。兩人由於「門不當戶不對」，遭遇家族與外力的阻撓，最後雖無力在生前奮力對抗命運，卻在死後雙雙化成彩蝶在空中翩翩飛舞，象徵兩人爭取自由愛戀的前衛精神，更是愛情故事中不可錯過的經典。

形象鮮明的三角戀

清朝道光年間，邵金彪以《祝英台小傳》正式在地方志上為英台立傳，有了完整的文獻記載，可說是當今流行梁祝故事的藍本。和以往愛情小說人設不同的是，它以祝英台為主線，顛覆過去以男主為敘述主體的傳統，真實地反映了女性內在思想與情感。

梁祝故事中有三個重要的角色人設：

世族千金的女主英台：蓮花般的容顏、靈澈的心性、出眾的才情，集三千寵愛於一身，幾乎是完美情人的模板。她不企求成為上流社交圈的萬人迷、花蝴蝶，對自己的人生有所覺知，擁有追尋自我夢想、踏出舒適圈的勇氣，膽識一點都不輸給一般男子！尤其帥炸的女扮男裝橋段，更是讓人拍案叫絕的妙哏。

祝英台身處在門第之見高漲的時代，要對抗的是社會價值、女性階級、世俗眼光、流言蜚語等壓力，但她意志堅強，從未退縮，順應自己的心，自信地活出女人的風采。

男主梁山伯：生長於窮困、沒地位的環境，個性憨直善良、沉默寡言是他的出場形象。身為英台的同窗好友，他對愛不夠積極主動，從來就不敢對英台說出「我愛妳」，是不解風情的木訥男。雖然他不會用好聽的話哄英台，卻是默默照顧英台的天使；他釋出愛的電流不強，但是命運般的邂逅、樓臺會的痛徹心扉，無損他一生只願為女主發光、只為女主活的光芒。當女主角有需要的時候，他就會出現，展開神救援。

腹黑的男二馬文才：他是男女主感情線的阻礙者，更是企圖破壞兩人感情的「壞人」。李茂誠在〈義忠王廟記〉中提到：「馬氏言官開槨，巨蛇護冢，不果」，描述馬文才霸道搶妻，為了達到目的不擇手段，看來身為男二的宿命就是被沒有底線地「黑化」了。

歷史記載馬文才出身知書達禮的家庭，更是桓溫的手下大將，絕對不是草包男，壞就壞在即便知道英台「還君明珠雙淚垂，恨不相逢未嫁時」，還是想要力挽狂瀾，找回和祝英台之間的錯身情緣。

抓住眼球的經典橋段——梁祝女扮男裝

梁祝故事發源於東晉，流傳於唐朝後，雛形為義婦故事，最早見於初唐梁載言的《十道四蕃志》：「義婦祝英台與梁山伯同冢」事蹟。

到了晚唐，張讀《宣室志》記載梁祝故事發展的梗概，名為〈義婦冢〉。「英台，上虞祝氏女，偽為男裝遊學，與會稽梁山伯者同肄業。山伯，字處仁。祝先歸。二年，山伯訪之，方知其為女子，悵然如有所失。告其父母求聘，而祝已字馬氏子矣。山伯後為鄞令，病死，葬鄮城西。祝適馬氏，舟過墓所，風濤不能進。問知山伯墓，祝登號慟，地忽自裂陷，祝氏遂並埋焉。晉丞相謝安奏表其墓曰義婦冢。」

從祝英台女扮男裝遊學、與梁山伯同窗、別後情虐、逼嫁馬氏子、結婚日祭墳到同塚殉情，《宣室志》不僅說明他們同塚的理由，也透過謝安奏表，把民間傳說的祝英台神聖化為「義婦」。故事最大的噱頭就是顛覆傳統，讓祝英台性別「變身」的經典情節。

萬物自有它運行的準則，為什麼身為女性的祝英台必須「假扮男生來個GAP YEAR的遊學」哏呢？你可能會想，祝英台該不會是個性特異、長相抱歉的恐龍妹吧？否則，那麼多年下來，為何身邊的男性同胞都沒有對她起過疑心？

李茂誠在〈義忠王廟記〉中記載梁山伯與名師渡錢塘江時，遇到一位「容止端偉，負笈擔簦」的人，問及姓名，曰：「姓祝，名貞，字信齋。」從文字上推論，祝英台的扮相一點都不輸給韓劇《咖啡王子1號店》的高恩燦，更厲害的是，她不僅高智商，更是花美男檔次的。她的巧扮手法高明，不只成功地喬裝過關，在模仿男子的行為舉止上，也著實下過一番真功夫。

為了讀書，天天藏住女兒身，甚至讓身旁的人毫無察覺，這需要何等細膩的心思與過人的毅力！如果身在現代，祝英台肯定是個溫柔卻不柔弱、萬能卻不逞能的新女性。

為了爭取自主學習的機會，古代女性是否只能扮男裝求知而別無選擇？女性在尋找「我是誰」、「做自己」的歷程中，遇到層層阻礙、關關難過。但是，祝英台爭氣地闖過男性一言堂的社會藩籬，暗藏了女性自由意志的覺醒。從花木蘭代父從軍，到祝英台扮裝求學，她們想挑戰的是跳脫傳統女性的舊有形象，證明女性並非男人的附屬品，也不該為了符合男權社會下的性別期待，「犧牲」自己的學習、理想和事業，甚至是愛情。

勾勒女力形象的經典橋段——英台的才德

如果說，現代的女力始於自我追尋、終於做自己的勇氣，那麼，祝英台展現才德兼備的女力形象，就是走在前端為我們找到「我是誰」的提燈者。明朝馮夢龍《三言》裡的〈李秀卿義結黃貞女〉對梁祝的相關記載如下：

英台臨行時，正是夏初天氣，榴花盛開，乃手摘一枝插於花臺之上，對天禱告道：「奴家祝英台出外遊學，若完名全節，此枝生根長葉，年年花發；若有不肖之事，玷辱門風，此枝枯萎。」……英台歸時，仍是初夏，那花臺上所插榴枝，花葉並茂，哥嫂方信了。

英台用象徵真誠、友誼、貞潔的榴花起誓，若榴花能三年不凋萎，證明自己即便身處在書院的男人堆中，並無失德，能與山伯等同儕朝夕相處，所求的是認真求學，精進自己。英台突破了「男主外女主內」、「女子無才便是德」的框架，也樹立女子自愛自惜的樣態。英台對山伯心生傾慕，愛苗也與日滋長，山伯為何還能木訥得一無所知？

作者刻意突顯英台的品德潔白如石榴花，面對美麗卻難以說出口的愛情，她願以癡心等待，雖多次暗示與提醒自己的身分特殊，卻沒有越過男女分際的雷池一步。正派老實的山伯無法辨識眼前的佳人是他命中注定的伴侶，即便是夜夜共枕眠，還處於純愛的等級；這是因為英台刻意用竹牆、紙糊帳來隔開兩人的距離，避免自己愛苗滋長，不小心洩漏了身分。

百分之百「自由戀愛」的精神，百分之百的純情自持，突顯了英台慧黠天真、純潔又活潑的形象。同時，馮夢龍也把英台與女英雄木蘭、女判官崇嘏、女商人善聰並列，展現每個時代都會出現才德出眾的女子更勝於一般男子的女力代表。

後人有詩贊云：「三載書幃共起眠，活姻緣作死姻緣。非關山伯無分曉，還是英台志節堅。」馮夢龍把這場愛情大悲劇以詩贊作結，在他的筆下，英台不再只是楚楚動人的美人兒，「哭墳」的震天動地，更是女子對愛情忠貞不移的決絕，頗有漢代樂府民歌〈上邪〉的精神，延續女子對忠貞愛情的自誓。

〈李秀卿義結黃貞女〉褒讚女性文武兼具、「智仁勇」三德齊全，一點都不輸給當代男兒。尤其，她們大膽爭取受教權、婚戀權、工作權、社會參與權，女性不只有才也有德。從英台追求真愛、至死不渝的行徑來看，英台企圖鬆開禮教的箝制，挑戰社會的虛假和僵化，注入女性意識的新觀點，解構父權社會下，單一意識形態的女性樣板。而馮夢龍也藉由梁祝的真情，闡述以「情教」代替「禮教」的立場，藉此突顯英台的才德超然。原來，一個不斷翻新自己、願意突破與成長的女子，無論身處哪個時代，都讓人著迷不已。

說再見很難的經典橋段——梁祝十八相送

宋代之後，梁祝的〈化蝶〉瀰漫淒婉的情調，也有撒糖的情節，果真直擊讀者的少女心！在十八相送的橋段中，英台主動釋出了「一點相思，萬種柔情」的好感。

元曲四大家白樸在封龍書院求學期間，經常聽到鄉民講述梁山伯與祝英台的故事，根據故事原型，創作出雜劇《祝英台死嫁梁山伯》，也把「十八相送」的段子在封龍書院唱響了——故事內容是說，同窗三年的兩人，有著蓋棉被純聊天的純情，原本要繼續兩小無猜下去，無奈的是，祝英台在家人催促下，只能倉促返鄉，匆匆收拾行囊，離開學堂。梁山伯向師母請命，自願當「護草使者」，展現兄弟情深的義氣。

這也給了祝英台大好機會，利用下山到長亭的這段路，透過一程又一程的辭別，找到了點化呆頭鵝山伯的契機，準備突破「友達以上，戀人未滿」的界線；她借物喻己，努力讓彼此的距離再靠近一點。

十八相送的地點很有巧思，祝英台則藉由山崗、池塘、鳳凰山、河川、獨木橋、月老廟、塘東以及山下的長亭，鼓起勇氣示愛。

從下山崗開始，英台就急著暗示山伯：「歐巴，我是女兒身，我們可以來談一場戀愛嗎？」走到送行的終點長亭，她已經明示：「明天，我想要嫁給你啦！」

英台大膽表白，期待鴛鴦配成雙，卻被梁山伯聽嘸「句點」，令人著急！梁兄，你就別裝糊塗了，眼睛給我睜亮一點！

英台自比牡丹花，提醒梁山伯要把握良緣，「有花堪折直須折，莫待無花惹心煩」，梁山伯依舊無動於衷。

英台果真愛到深處無怨尤，再次暗示木頭男：「我們好比牛郎織女渡鵲橋，可別讓我等你等到天荒地老，心都碎了。」

祝英台完全拋去女性的矜持，企圖改變梁山伯對於兩人「男男關係」的大徹大悟。

在十八相送的情節中，表面上是梁山伯視而「無感」，簡直快要虐爆讀者了！事實上，作者想呈現女子對婚戀具有主導意識，突顯男女平等的思想，透過女追男的橋段說明心靈契合勝於滿足物質需求的觀念，揭示出「我的戀愛，可要自己作主」的女性意識。

死了不放手的經典橋段——梁祝化蝶

張讀《宣室志》：「問知山伯墓，祝登號慟」，直接挑明的擇偶條件是「心靈契合」，祝英台難道不能捍衛喜歡梁山伯的心意？她曾聽到梁兄胸膛傳來愛的心跳，為何選擇嫁給真愛，還要遭來他人質疑的聲音？即便是彼此相愛，世俗眼光仍傾向於家裡有錢、才學優異、什麼都不缺的富二代馬文才，表面上馬文才是祝英台最好的歸宿。但是，面對愛情與婚姻的自由權，祝英台要的不是別人的認同，而是自主選擇與心有靈犀之人廝守一生。「問世間，情為何物，直教生死相許？」當她得知摯愛梁山伯的驟然離世，不只悲傷哀慟，也準備隨之赴死……梁祝化蝶的形象，捕捉到人蝶相仿的神韻，寄託梁祝兩人的美好愛情，同時也謳歌自由愛情的至愛、至善、至美。

李茂誠〈義忠王廟記〉將梁祝化蝶加以渲染穿插，穿鑿附會地加入奇幻神怪的元素：「從者驚引其裙，風烈若雲飛，至董溪西嶼而墜之」，把原本「地忽自裂陷」的自然現象，誇張地與女主裙襬波動結合，以超現實的情節，隱含英台用情之深，結局高潮迭起的敘寫，更顯出他們的愛深情堅。

南宋末年咸淳年間，梁祝故事再添淒美浪漫色彩。在《毗陵志》中，「化蝶」情節可能受到唐宋詠蝶詩詞的影響，取蝴蝶外型的美豔翅膀、翩躚舞姿的意象，雙飛彩蝶若是如影隨形的恩愛夫妻，附帶愛情深蘊忠貞幸福、繾綣纏綿的情思。

梁祝化蝶的詩句首次出現在南宋薛季宣〈遊竹陵善權洞〉：「萬古英台面，雲泉響珮環，練衣歸洞府，香雨落人間；蝶舞凝山魄，花開想玉顏，幾如禪觀適，遊衲戲澄灣。」

身為永嘉學派創始人的薛季宣自是有叛逆的精神，從遊覽遺跡，實質稱讚英台身為女子，維持一個人最低限度的愛情底線，對愛情大膽追求、對情人保持忠貞，至死守護愛情的堅定，祝英台縱身而墜，與所愛同生共死，反讓靈魂輕盈起來。「梁祝第一詩」表面歌詠地景，實為吟詠美人，作者在遊覽宜興竹林善權洞之後，彷彿看到傳說中英台的姣好容貌，也聽聞她身上珮環撞擊的聲響。接著，彷若又窺見英台穿著潔白衣服進入洞府的翩翩倩影，而身後飄過的陣陣餘香似有所聞。梁祝化為蝴蝶，不只呼應「生不同衾死同葬」，也代表兩人活著無法自由戀愛，死後化蝶仍然相愛不放手的精神。化蝶是自然界不能實現的常態，用這個反常來代表戀人生前徒留無法相愛的遺憾。他們死後化蝶求反，祈求上天給予祝福，能夠得到生生世世真正的相知相守，讓上天還給他們一個相戀的可能。

堅持愛一個人的勇敢很大氣，堅持愛一個人生生世世需要勇氣，被阻撓而困難的愛，若能堅持下去，更顯價值。祝英台遇見梁山伯若不是偶然，就是必然，相互欣賞，相互允諾，若不是自然，就是欣然。梁祝的故事，不只造成讀者熱烈追捧，甚至亙古瘋傳的原因很簡單：

鼓勵女性勇敢做自己：面臨愛情難題時，大部分的人選擇屈就，祝英台選擇聆聽內心深處真實的聲音，勇敢追求自己所想要的。其他女子都愛高富帥，英台就愛鋼鐵直男！梁山伯雖然憨厚，戀愛情商也不算高，英台跟隨內心愛的跫音，跟緊山伯愛的腳步，好感度與日俱增，久而久之，找到相處的默契——他是務實的好男人，不會無腦地寵溺妳，但會用自己的方式來愛妳；山伯願意陪伴、懂得鼓勵英台克服自身弱點，讓她更獨立堅強，勇敢做自己。

愛情命定之說：他們在草橋相遇，一見如故；因為志同道合，撮土為香，義結金蘭，在學習的路上一路相伴，也一起閱覽過四季遞嬗的美景。這對異姓兄弟，其實是命中注定的靈魂伴侶。看著價值觀與自己接近、喜歡的事物也很相似的人，開始產生「曝光效應」（Mere Exposure Effect），接觸越久，越覺得兩人契合度高，內心越來越喜愛對方，認為緣分是命定的，這種純粹的愛情，不只浪漫，也有此生只愛你一人的甜寵價值。

女性挑戰社會傳統價值觀：傳統美人雲鬢花顏、嬌婉柔麗，英台多了一份贏過男子的堅毅之心，反舊傳統的愛情故事，以女子為主角，反抗性更強，更具女性意識。在講求門第的時代，即便男性也不敢隨便挑戰世人的成見、親情的壓力，以及社會價值。英台一介女子，在愛情的抉擇裡，面對矛盾與衝突時，以激烈的對抗，擺脫世道的羈絆。

梁祝不曾放棄「非君不娶」、「非君不嫁」的約定，但悲催的是，山伯得知馬、祝的婚約，抑鬱而死的劇碼，逼紅眾多粉絲的雙眸。英台則用跳入山伯的棺木，與之殉情的決絕，來挑戰世俗價值。生前無緣，死後相依，最後以化蝶證明兩人海誓山盟的永恆。

女扮男裝，負笈遊學，十八相送、樓臺會、英台哭墳、為愛赴死……在在突顯女子勇於做自己的意志力。他們的相戀賦予愛情真摯忠貞的原型，就算不能在一起，心也是在一起的。

英台不嫌山伯貧寒，跨越貧富差距愛上他；英台守德守貞，突破生死的界線，維護這段純真的初戀，沒有和父母抗命，沒有和給難關的人翻臉，這是兩人愛情背後的為人厚道，也讓讀者更心生憐惜之情與同理之心。梁祝感天動地的愛情、至死也不放手的執著，是不是也在你的心中翻騰出思念的浪花？細數你的生命扉頁中，可曾有過一個令你愛到至死不渝的「梁山伯」或「祝英台」？

你給的愛都變成眼淚和依賴——元稹自爆負心史〈鶯鶯傳〉

愛情慧課室

怡慧老師：

我是一位十八歲的高三女生，曾經和一位學長交往過。前男友是個花心的渣男，不只到處放電，還和好友搞曖昧。最可惡的是，分手後，他還不斷在社交網路上匿名抹黑我，諷刺我用情不專，刷爆他的卡。一位高中學生會有什麼尊榮卡、黑卡可刷？他的惡劣行徑，讓我寧願相信世上有鬼，也不要相信渣男的嘴。

走過這段崎嶇坎坷的感情路，讓我遍體鱗傷，從此不想再談戀愛了。最近，前男友又來「勾勾纏」，在ＩＧ私訊我，讓我氣得想封鎖他！這種人我一點都不想和他重續前緣，不知道我該怎麼做才是明智的做法呢？

願意付出的才是真愛

親愛的：

其實「渣」是不分男女，這些對感情不專注、不拒絕，喜歡遊走在曖昧邊緣的人，無法體會為喜歡的人付出的快樂，他的多情來自於不願負責任的態度。

渣不一定是壞，但和一個人的人品與態度有關。所謂「男怕入錯行，女怕嫁錯郎」，無論是工作或感情，選擇錯了，都要付出慘痛的代價。

戀愛是風花雪月，經營感情卻是一生一世的事。建議妳，面對前男友的糾纏可以向家人或是師長求助，對於他在網路的霸凌或是不實言論，也可以訴諸法律，以求自保。前任男友的不斷回望，看來是沒有誠意的試探，建議妳可以封鎖他，或是與他的世界徹底切割，讓生活中不再有「他」的任何消息出現。

弗瑞爾模型（Frayer Model）可以幫助妳，讓自己下一段感情作出更好的選擇。這是一種聚焦分類的策略，幫助妳清楚地分析「渣」的定義，找到渣男的特徵，強化未來情人選擇的標準。

渣定義	渣特徵	古代渣男的例子	古代非渣男的例子
情緒偏執、心胸狹窄，以遊戲、玩弄感情為樂，自我感覺良好，容易見異思遷的人。	用情不專、見異思遷、極度自私、擅於索取、自暴自棄。	吳起、劉邦、司馬相如、元稹。	諸葛亮、柳下惠、陳季常、戚繼光。

在感情的世界，不是誰付出得多誰就吃虧，誰付出得少誰就得利。如果妳愛一個人，就會把對方放在心裡疼，同時也願意把時間花在他身上，替對方分擔解憂。無論是物質或感情上都願意無私地付出，把感情當作一輩子的事來經營，這樣的人才值得我們把愛投注給他！

俗話說：「自古才子多風流，撩姐撩妹套路深」，唐代詩人元稹為了過恣意瀟灑的人生，拋棄初戀女友崔雙文，娶了權貴女兒韋叢。妻子為了給他過優渥的日子、替他買豪宅、讓他開名車，卻也積勞成疾，年紀輕輕就去世了！

每個女人都留不住元稹的深情，他愛過一個又一個，但從未為誰停下腳步。當你看到有著元稹特質的男友在身邊，他還值得妳掏心掏肺，繼續和他當朋友嗎？

男人不壞，女人不愛？

元稹（779-831），字微之，唐洛陽（今河南洛陽）人。身為北魏鮮卑族拓跋部後裔，元稹是什翼犍之十四世孫，有張讓人嫉妒的混血兒俊臉，五官深邃立體，玉樹臨風，是名副其實的翩翩美男子。

只看外表就贏在人生起跑點的元稹，一在文壇出道就備受矚目。與白居易同科及第，猶如發光體的元稹，立馬被白居易拉入群內，組成中唐新樂府詩男神團，兩人倡導新樂府運動，世稱「元白」。白居易寫了一首〈長恨歌〉，元稹就來個〈連昌宮詞〉，並稱「元和體」。元稹詩作有古諷、樂諷、古體、新題樂府、律詩、豔詩六類，豐沛的才思，創作題材豐富，質量皆美，今存六十卷，都收錄在《元氏長慶集》。

元氏家族雖久居洛陽，世代為官，不過，元稹沒有什麼富爸爸當靠山，反而有段吃苦當吃補的黑歷史。他在〈同州刺史謝上表〉中寫道：「臣八歲喪父，家貧無業，母兄乞丐，以供資養，衣不布體，食不充腸。」從小吃不飽、穿不暖，看盡人情冷暖，卻沒有擊垮他想要出人頭地的決心，知識也讓他找到翻轉人生最好的機會——貞元九年明經及第，朝廷授左拾遺之後，雖一路在官海浮沉，仍曾官至宰相。從他的豔情詩看出他對感情的恣意妄為，反觀他的悼亡詩又流露出對亡妻的情真意切。

元稹到底是善於馳騁情場的薄情渣男？還是天性風流的多情才子？他這一生的政治動向與複雜的情史，常讓人像霧裡看花，不知哪個才是真正的他。有人說，元稹的情史證明男人不壞、女人不愛的宿命；有人說，若要真正讀懂元稹，要從〈鶯鶯傳〉來仔細探討愛情是否曾在他幽微的內心世界走過、路過，也不斷地錯過。

一段逆向行駛的愛

〈鶯鶯傳〉是唐朝傳奇的名篇，故事刻劃人物性格生動、描寫心理轉折深刻細膩，在唐代無人能出其右。

〈鶯鶯傳〉是篇矛盾性極高的傳奇故事，有趣的是，它是一部「再見渣男」的故事，看到最後，你會覺得這也太弔詭了，暗黑情史的創作者竟然是男主本人！這是渣男用故事來懺悔，還是想洗白自己厚黑薄情的情史？

〈鶯鶯傳〉告訴我們：不是每段感情，都能順利走到最後。男主貪求眼前的歡愉，不求長久廝守的永遠，普通人的心裡只能裝著一個愛人，但他可以裝兩個，甚至更多！愛得藕斷又絲連，讓人森七七。女主身陷感情泥淖，找到奮不顧身、為愛癡狂的勇氣，也學會抽刀斷水、斬斷舊情的底氣。

〈鶯鶯傳〉彷彿是一部古代版的愛情背叛大劇，這齣劇出現三個重要的角色設計：

女主崔鶯鶯：她被張生的熱烈追求搞得神魂顛倒，誰能抵得過絕食求愛？陷於禮教與愛情的捆綁，女主一路徬徨、掙扎，左右為難。面對情感與禮教的衝突，女主開始出現言行前後不一，這真像飛蛾撲火般的愛，愛到卡慘死！最後，鶯鶯終於恍然大悟——甜言蜜語投妳所好，不一定是真心愛妳，愛上壞男人，是自己當初「太傻太天真」。面對回不去的感情，對方還想繼續曖昧，女主終於學會放手，向背叛愛情的負心人說再見，最終能勇敢向前走！

男主張生：他是自私博愛的外貌協會會長，本身也是一位人見人愛的春風美少年，這個男人的形象完美無缺、容易討姑娘歡心，卻性格執著，像情花劇毒，一飲就無藥可解。卡在愛情與功名的難關，男主面對感情與仕途的選擇，他不釐清彼此關係、不明確拒絕女主，玩曖昧是他的強項，向功名利祿靠攏是他的真實想法。為了前程拋棄鶯鶯，卻對舊情無法忘懷，甚至不斷出現糾纏前任的心理，就是前男友餘毒。最可鄙的是，當女主說出：「張生，我們回不去了！」他竟然誣蔑前女友，想來個絕地大復仇，直接把女主給妖魔化了，不只輕毀諾言，還背叛愛情，說起來，就是不折不扣的渣男！

女二紅娘：她是身分卑微的丫鬟，卻是故事男女主情感由淡而濃的催化劑。身為女主的貼心婢女，從被張生私下叩頭作揖地請求傳話，心軟之下，牽線搭橋、積極撮合張生與鶯鶯的情緣。從幫忙張生轉傳兩首情詩給女主，到為兩人相約西廂私會，簡直就是兩人感情升溫的神隊友！友誼那條線被輕易地跨過去，從陌生人、哥哥、情人、丈夫，張生無情的背棄，看輕女主的感情，紅娘夾在兩邊，進也苦、退也苦。有人說，兩人孽緣成也紅娘、敗也紅娘，無論結局如何，卻無損紅娘展現見義勇為的性格，以及勇於擔當、古道熱腸的俠女形象。

我對你有一點動心

或許是元稹本人的自況，張生剛出場的時候，就與眾不同——他人皆洶洶拳拳，若將不及；張生容順而已，終不能亂。這些配角們，好像都在襯托張生出場的穩重與迷人的風采。

「性溫茂，美風容，內秉堅孤，非禮不可入……以是年二十三，未嘗近女色。」意思是，張生，性格溫和而多情，風流瀟灑，容顏俊俏，意志堅強，脾氣孤僻。不合於禮的事，他是不會去做的。雖然已是二十三歲了，還沒有真正接近過女色。看到這裡，你會以為這是一個完美的標準情人，說外在有外在，說內涵有內涵，只是少了心有靈犀者與之相愛。面對愛情，張生的確是引頸企盼著——「大凡物之尤者，未嘗不留連於心」，也點出張生是視覺系的，喜歡外型出眾的美女，畢竟「窈窕淑女，君子好逑」，美女永遠是稀缺、惹人愛的。就是那麼巧，沒有快一步，也沒有慢一步，張生在蒲州普救寺的寄住之緣，讓鶯鶯一家受到他保護而免於兵災。

登愣！十七歲女主鶯鶯閃亮地出場了：「常服睟容，不加新飾。垂鬟接黛，雙臉銷紅而已，顏色豔異，光輝動人。」

素顏美女崇尚自然美，即便穿著平常的衣服，仍然魅力四射，她的兩頰緋紅，髮髻下垂到眉旁，豔麗又柔美。這一見，張生心動了！但是，鶯鶯卻無動於衷。她的冷漠讓「張自是惑之，願致其情，無由得也」。張生自此，念念不忘她的倩影，日裡想的、夜裡夢的都是鶯鶯，想要表白卻苦無機會。最後，他找到紅娘如鵲橋的傳信人，請她代傳春詞二首，以表愛意。

高冷的鶯鶯是典型的冰山美人，敏感又脆弱，對感情沒有安全感。她害怕受傷，只能隱藏內心的熱情與愛意。這次，鶯鶯請紅娘給了一個信息：

待月西廂下，近風戶半開。拂牆花影動，疑是玉人來。

意思是：等待月亮移至西廂，迎著夜風，窗戶半開。花影映照在牆面上，隨風拂動，不禁讓人懷疑是你來了……

鶯鶯這首詩透露出，我對你有一點動心。張生心領神會了，這個冷漠的女孩要的是溫暖的肩膀、善解人意的陪伴；難過的時候，有人傾聽她、陪伴她，看到愛的信號，張生展現追愛高手的軟實力。

西廂熱戀，非君不嫁！

鶯鶯以詩傳情後，卻對張生不理不睬，甚至大聲數落張生：

奈何因不令之婢，致淫逸之詞，始以護人之亂為義，而終掠亂以求之，是以亂易亂，其去幾何？

意思是：為什麼叫不懂事的丫鬟，送來淫亂放蕩的詩句？原本是保護別人免受兵亂的恩人，這是做人的道義，最後卻淪為乘人之危，要挾對方予取予求，這是以亂換亂，你和那些人又有什麼差別？張生不懂鶯鶯的表現為何會前後反差那麼大，既然心若止水，又何必寫些曖昧的詩句，撩撥他人之心？局勢走到這裡，張生也是對這段反反覆覆的感情自是有點無奈，顯得有些心灰意冷了。每次自以為找到突破冰霜的方法，結果鶯鶯又快速變臉成一副「生人勿近」的冷表情。

怎知，兩人的關係突然峰迴路轉，張生在睡夢中突然發現紅娘斂衾攜枕而來，他

該不是做夢恍神吧？怎麼睡到連棉被枕頭都出現在床邊了！沒想到，最離譜的是，「紅娘捧崔氏而至，至則嬌羞融冶，力不能運支體，曩時端莊，不復同矣。」你沒看錯，是紅娘攙扶鶯鶯出現了！嬌美羞澀、和順美麗的鶯鶯，柔弱的身子好似支撐不住，跟原本熟悉的端莊模樣，判若兩人。

情竇初開的少女鶯鶯，面對愛情，初始仍然有著大家閨秀的矜持。由於涉世未深，不懂如何表達對愛情的憧憬與期待，產生欲拒還迎、反覆無常的衝突心情與矛盾表現。

在愛情闖進生活之後，天真率直的鶯鶯，對張生也動真情了。西廂一夜恩愛的熾烈愛戀，又驟然離去的橋段，看似突兀，卻是春青少女愛到卡慘死的衝動。這讓張生在天濛濛亮時，不禁懷疑地說：「難道這是一場夢嗎？」

「睹妝在臂，香在衣，淚光熒熒然，猶瑩於茵席而已。」鶯鶯的胭脂印還留在張生的手臂上，衣服隱隱透出鶯鶯的香氣，床褥上晶瑩的淚痕，還微微發亮。這是兩人相愛過的印記呀！清冷孤傲的鶯鶯遇到張生後，內心是非常柔情似水的，高高在上的女主頓時變成黏踢踢的小女人：

自是復容之，朝隱而出，暮隱而入，同安於曩所謂西廂者，幾一月矣。

意思是：登對又低調的兩人開始密會，早上偷偷地出去，晚上偷偷地聚在西廂近一個月，歡度天上人間的幸福時光。

這段如真似幻的西廂愛戀，看得大家不只一頭霧水，也是心事滿懷，到底是兩情相悅，還是落花有意，流水無情的單相思加幻想劇呢？

張生始亂終棄、鶯鶯愛不對人

維持一小段你儂我儂的甜蜜歲月，最終還是敗給了異地戀。考試的日子到了，兩人又要各分東西，臨走前夕，張生不再訴說自己的濃情蜜意，反在鶯鶯面前長吁短嘆。看著張生的行止，鶯鶯意有所指地對張生說：「始亂之，終棄之，固其宜矣，愚不敢恨。」一面對即將遠行的男友，鶯鶯似乎有預感地說出：「以後我應該很難在社交平臺秀出自己的天菜男友，因為你即將會變成始亂終棄的前任男友，我會化悲憤為力量，不會恨你的移情別戀。」這段看似討拍又像是對感情不確定的神預言，難道是親密愛人才有的第六感？

接下來，她又提筆寫道：「則當骨化形銷，丹誠不泯；因風委露，猶託清塵。存沒之誠，言盡於此；臨紙嗚咽，情不能申。千萬珍重！珍重千萬！」意思是即便自己形體消失，但誠心也不會泯滅。憑藉風霜露水，我的靈魂還會跟在你的身邊。與之生死的誠心，都表達在信裡了。面對信紙，我早已泣不成聲，感情無法抒發出來。只是希望你千萬愛惜自己，千萬愛惜自己。

看來，鶯鶯並非真的想和張生切八段，而是怕自己跟不上張生的腳步，從此成為最親密的陌生人。面對女友的血淚告白之作，張生竟然大剌剌地把她的信件轉給好友看，不只沒有珍愛鶯鶯的心意，反成炫耀自己身價高、異性緣爆棚的證據。面對背叛愛情的前任，不只不願意和平分手，還以〈會真詩〉三十韻，公開彼此的親密關係。我想，鶯鶯的心必然是淌著血，為了一個不該愛的人，把自己的人生弄得一塌糊塗，名節盡失。看來鶯鶯只能快刀斬情絲，盡速把日子回歸正常，甚至一個人過得比過去更好，才是對負心漢最大的懲罰。

但匪夷所思的是，張生腆顏地把自己的無情背叛，都順勢推給了鶯鶯，這樣的黑特行為，實在令人髮指！他說：「大凡天之所命尤物也，不妖其身，必妖於人。使崔氏子遇合富貴，乘寵嬌，不為雲，不為雨，為蛟為螭，吾不知其所變化矣。」張生大言不慚地辯解說：大凡上天差遣的特出之物，不危害他自己，一定禍延別人。假使崔鶯鶯遇到富貴的人，憑藉寵愛，不做風流韻事，也會成為潛於深淵的蛟龍，我真不知最後水性楊花的她，最後會變成什麼模樣？當愛變成傷害，情變成傷痕，張生不只沒有為自己的負心道歉，還不留情面地抹黑造謠前任，看來鶯鶯得要速速遠離這個壞情人，才能早日解脫、浴火重生。

〈鶯鶯傳〉正是元稹的負心史

二十三歲的元稹遇到十七歲的遠房表妹崔雙文，被雙文的美貌吸引，墜入情海、愛到死去活來。為了功名利祿，他違背誓言、拋棄了雙文，並對友人大放厥詞，硬是把自己的變心推給「美女是禍水」的謬論。兩人各自婚嫁，又回頭糾纏前任女友的行徑，讓人看了咬牙切齒，現實生活的元稹果真是渣男無極限。

〈鶯鶯傳〉是元稹情聖形象崩塌的開始。明眼人都知道，張生其實就是元稹的化身，鶯鶯就是元稹的初戀情人崔雙文。鶯鶯把張生認定為此生唯一，張生卻把鶯鶯當作隨意扔之的敝屣，始亂終棄。

崔雙文毅然決然與渣男元稹分手後，人生就此海闊天空！她遇到了一個對的人，擁有好歸宿，過著令人欣羨的恩愛生活，也讓自己活得更有尊嚴與自信。已經被判出局的前任男友，卻想來個舊情復燃世紀大復合，崔雙文毅然轉身時的決絕，充滿女性自信的魅力，她不願再回頭的瀟灑，更突顯元稹對愛情的無情與無知。

原本元稹想靠這部作品幫自己洗白負心的情史，沒想到，只是暴露自己的薄情寡義與用情不專而已。

元稹是如此矛盾又糾結的男人，他真實也赤裸地讓妳看穿他的渣、他的壞，無論是單純天真的崔雙文，抑或是陪他度過「柴米油鹽醬醋茶」的平淡生活的賢慧韋氏，這個男人總是先展現出自己的絕對癡心，愛就是追到妳，這個男人以生命為代價展開愛情攻勢，他的愛很火燙，也很猛烈。韋氏之後，他又納妾安仙嬪，續娶裴淑，每個妻子都是深情款款地等待他、保護他。

面對「中唐好聲音」的冠亞軍薛濤、劉采春，兩人面對權貴一向手腕高超，游刃有餘，堪稱當時上流社會的美豔交際花。沒想到，黑名在外的元稹，依然能擄獲她們的真心，一個為他終生未嫁、一個為他自殺殉情。當你驚豔他的情史不斷時，我彷若看見一個惡魔與天使共存於體內的元稹，他既是一個為官清廉的御史，也是個攀附宦官得勢的投機分子。情場的每戰必捷，有幾次是真的給出真誠的眼淚與真誠的心意？又有哪幾次是真的動心動情，想要「執子之手，與子偕老」，走完一生？每次都當別人前任的元稹，面對愛情，他難道真的只想遊戲人間，而不想好好愛一場嗎？壞情人元稹是不願意好好愛一場，還是曾經用情太深，由愛而生恨呢？

縱觀元稹一生，人品和文品始終無法相搭，〈悼亡詩〉寫來如此深情纏綿，賺人熱淚，但真心似乎禁不起再三推敲。我相信，讓人掉淚又肝腸寸斷的〈悼亡詩〉，寄託過元稹對妻子深摯的感情，一如「曾經滄海難為水，除卻巫山不是雲」。這兩句就足以說明亡妻美麗的容顏早已烙印在他的心田，來來去去，真真假假之間，元稹還是留個「唯一」的位置給愛過的那個女人。

或許，陪伴元稹經歷「貧賤夫妻百事哀」的亡妻韋叢，元稹自是感念甚深的，所以他會悠悠說出：「經歷過像滄海的波瀾浩瀚之壯美，就難再去欣賞河溪的清幽淺澈。經過與妳像巫山雲雨般的愛情，就難再尋覓愛人的動情與繾綣。」我也相信，元稹豔情詩背後所流露的情慾與激情，是元稹此生用情不專、追名逐利，為人詬病的人性之惡。但是他的諷諭詩，對社會百姓之苦有所感，身為父母官有守有為，不懼權宦，平反東川冤案，也是他身為讀書人內心尚存的人性之善。

不要把青春浪費在不值得的人身上！

當他以白馬王子的姿態出現，又藏著出軌壞男人的機心，妳又該怎麼逃離這致命的情感深淵？有人說，負心男不是不愛妳，他最愛的最終是自己。面對曖昧，他從不給答案，遇到亂流，他只會懦弱地想逃，這樣的男人真的值得妳把青春投注在他身上嗎？像元稹這樣的男人，亦正亦邪，有過真情流露的癡情，也有過劈腿勢力的絕情？我常想：為何元稹最後還是陷入拋棄舊愛的罵名泥淖，最終仍被判為寡性薄情的渣系男人？海枯石爛只是他慣說的謊言，還是在心中無法實現的美夢？曾經傷過他，而讓他望之卻步的愛情，到底是多情史中的哪一段？為何每樁郎有情、妾有意的美好姻緣，在元稹的生命系譜裡，最後總是荒腔走板、落得始亂終棄的下場？

我想，真正的答案必然藏在元稹的心裡。只有他自己才知道，真愛到底有沒有在他的心裡駐足過？而女孩們，收起妳的癡狂真心，不要把青春浪費在不值得的人身上！離開他之後，妳才能擁有美好愛情的自由。

國破山河變，愛情還在不在？

——背對背的擁抱《桃花扇》

愛情慧課室

怡慧老師：

我是一個十七歲的高二女生，高一的時候和班上男同學互有好感，漸漸發展成男女朋友的關係。高二分組之後，我選擇社會組，男友選擇自然組，下課的時候，他經常都忙著實驗課或是小論文研究，我們的距離越來越遠，感情也越來越疏離。最近，他要代表學校去美國擔任交換學生一個月，平常我們在校園都說不到幾句話了，現在他又要去國外一段時間，感覺這段感情會慢慢由濃轉淡，我是否要快刀斬亂麻，還是繼續維持這段感情下去呢？

有效溝通，有愛無礙

親愛的：

現在免費的視訊軟體那麼多元，無論身在哪裡，有心聯絡仍是天涯若比鄰的。我認為分組後，你們沒有找時間好好溝通才是感情變淡的主要原因。或許，妳可以趁著他到美國擔任交換生的時間，找到兩人生活的交集點，並從中製造話題，讓兩人感情順勢加溫，恢復正常。舉例來說，你們的休閒活動可以先做羅列，然後再利用溫氏圖進行分類。

從圖中知道男友喜歡做實驗、運動、逛街、閱讀，妳則喜歡唱歌、跳舞、閱讀、逛街，你們彼此的交集是逛街和閱讀。因此，妳

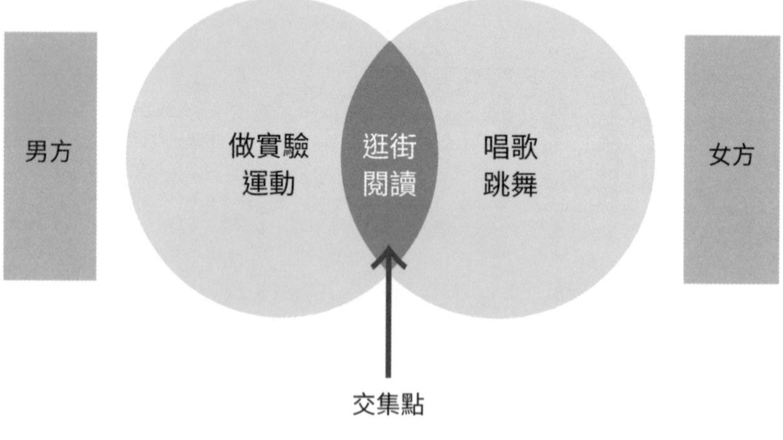

可以安排一起逛街或是閱讀的活動，一動一靜，十分合拍。妳更可以觀察他喜歡吃的食物，他也可以明白妳對食物的品味。同時，透過閱讀也可以溝通價值觀、人生觀，讓彼此的關係變得更加契合，對於彼此的相處也比較有共識。每一段關係的疏離，常常是沒有好好把心裡的話表達出來，溝通不是把情緒隨意地丟擲到對方身上，而是真誠地同理對方的心情，找到雙方都舒服的相處方式。感情這條路很長遠，學會有效溝通，願意信任對方，讓彼此的心能靠得更近，無論是否同班，抑或是在同一個國度，有效溝通的感情，能讓你們的愛不再有重重阻礙。

桃花扇開，烙上無悔的愛

明朝末年，政局混亂，朋黨之爭動搖明朝國本。以魏忠賢為首的閹黨，權勢滔天，興起大獄，迫殺楊漣、高攀龍等朝廷要臣，搞得邊關失守、黑金崛起。東林黨掌握輿論風向球，以打貪的政壇清流形象出場，高舉仁義道德、廉正奉公的大旗幟，強調開放言路、振興吏治，崇禎皇帝選擇任用東林黨人，打垮閹黨及其餘孽，企圖提升政治清廉的指數。

兩大官僚集團檯面上都有冠冕堂皇討伐異己的理由，檯面下卻行一己之私，非把對方陣營弄到罷官離朝、家破人亡不可！崇禎皇帝相信的東林黨，表面是正義凜然的士大夫族，私下卻與江南富商巨賈勾結，與民爭利，反成利益集團的代言人。最後，朋黨之爭讓大明王朝走上政權崩盤、國運衰敗之途。復社是東林黨的後裔，人稱政二代或官三代，這群上流社會的精英及知識分子，逃難到南京，仍是被看重的文人儒將，社會地位很高，被稱為「小東林」。其中最被關注的是陳貞慧、方以智、冒闢疆、侯方域，被譽為「明末四公子」。

山東曲阜孔尚任（1648-1718）代表作《桃花扇》，是以才子侯方域與秦淮名伎李香君兩人的盪氣迴腸為藍本的愛情故事，更是一部反映南明興亡的愛情小說。

《桃花扇．小引》：「《桃花扇》一劇，皆南朝新事，父老猶有存者。場上歌舞，局外指點，知三百年之基業，隳於何人？敗於何事？消於何年？歇於何地？不獨令觀者感慨涕零，亦可懲創人心，為末世之一救矣。」

太平盛世，人人都可以爭先恐後地高談「忠貞愛國」，但是到了面臨抉擇的關頭，就不只是說說那麼簡單，捨身取義更是測試忠義的「魔鏡」。孔尚任為何會在康熙盛世，以南明的歷史當作創作的基底，藉由亂世兒女的愛情，書寫亡國之恨？無非是

「借離合之情，寫興亡之感」。

《桃花扇》錯綜複雜的人設

孔尚任不管受到清朝何種恩典，心還是向著明朝的。明末黨禍的始末，他清楚理解箇中的來龍去脈，面對由明到清改朝換代的動亂，身為創作者的移情，自是推崇明末東林黨人的正義形象。至於閹黨是惡勢力的代表，進而深入刻劃彼此形象的迴異與勢力的抗衡。

《桃花扇》雖然是根據史實創作的淒美愛情小說，但為了戲劇效果，人物與情節就有了作者寫作意識的投射。經過渲染穿插，兩人的愛情經歷山河破碎的考驗，曾經山盟海誓、共訂婚約，而桃花扇就是兩人的定情物。最後的結局是幾經波折，兩人重逢後，撕破桃花扇，上了棲霞山，雙雙入道出家，企圖為侯方域的趨利變節，保留名節洗白的空間，肯定復社領導人反權除奸的愛國形象。

看來，只有心完全破碎的時候，才有辦法比原來想像得更強韌。一如作品中的三個重要角色：

男主侯方域：字朝宗，河南商丘人。一介書生有文采而風流，遊走在完美與不完美情人之間的男子。他身為戶部尚書侯恂之子，出身名門，風流倜儻，擔任復社首領，遍交江南名士，祖父及父輩都是東林黨人。

不過，侯方域乃書生脾氣，空懷理想，流連在秦樓楚館，說詩論詞，巧遇秦淮八豔之首李香君，明亡之後，軟弱搖擺在理想與現實之間，晚節不保！還參加清代科舉，印證權力就是把雙刃劍，遇到考驗才知道你是否為真英雄，因而被時人譏笑：「兩朝應舉侯公子，忍對桃花說李香。」順治十一年（1654），他憂鬱病逝，年僅三十七歲。江山無力回天時，兩人的愛情竟也戛然而止。愛情說穿了是相處相守的共識，當中最傷神費力、極具挑戰的仍是共同的信念。想要愛情長久，同行之途必須歷經扶持成長，成為更好的自己而發光。

女主李香君：號「香扇墜」，蘇州人。秦淮八豔的一姐。金陵的歌舞笙歌，軟語香風，造就不畏權勢、具有俠氣的李香君，她雖然出身低鄙的媚香樓，性情堅貞，守節聰慧。十六歲的香君，一見侯方域就傾心，所謂「東林伯仲，俺青樓皆知敬重」，美女愛上英雄自是常理。面對這段困難曲折的愛戀，她愛得勇敢，愛得風雨無畏，沒給自己太多退路，對民族守節的正義，對愛情守護的忠貞都比侯方域更為堅持。

面對強權，她從不退卻，雖因「卻奩」得罪大反派阮大鋮，讓自己陷入被挾怨報復的險境，但於國家存亡的危難時刻，嫁與侯方域作妾，不是逢場作戲，而是面血濺扇的真情意。

大反派阮大鋮：每一齣劇都要有個喪盡天良、做盡壞事的大反派，閹黨餘孽阮大鋮就擔綱這個令人反感的角色。他落魄時可憐悲屈，得勢時藉機消除異己。當侯方域想要為李香君梳攏，卻困於手頭拮据之際，他暗送妝奩，企圖拉攏侯方域，與之結交。香君識破阮大鋮的圈套，狠狠教訓侯方域，還堅決退還妝奩。阮大鋮對於此舉懷恨在心，在南明王朝建立之後，誣告侯方域，迫使他逃離南京。崇禎自縊，阮大鋮擁立福王，逢迎諂媚而得勢，公報私仇，強迫香君改嫁給黨羽田仰。香君抵死不從，不只血濺詩扇，點染桃花，還堅守妝樓，藉香君的正義感和責任感，突顯阮大鋮之儔類為爭權奪利做出的鄙事，不只罄竹難書、更是令人不齒。

心跳掉一拍，情定桃花扇

明末清初正處於風雲變色的時代，李香君生於蘇州閶門楓橋的吳宅，父親被宦官魏忠賢等閹黨構陷入罪，年幼的她被義母李貞麗收養，進入「樂籍」，接受「琴棋書畫詩詞曲賦」的嚴格訓練。

在熱鬧喧囂的媚香樓，美貌與才藝雙全的她，扛起了秦淮女子天團一姐的重擔，一身錚錚傲骨，還能歌善舞，不只吸引眾多江南才子、王孫貴冑熱烈的追求，還登上年度美女風雲榜的首位。

更厲害的是，她對明朝的時事不只關心，也因憂國憂民，常常發表激勵人心的作品，鼓勵大家團結愛國。

十六歲的李香君遇到風采翩然的侯方域，一見鍾情，眼前的侯哥是十五歲即應童子試中第一名的天才。玉樹臨風的侯方域，也被眼前美人震懾得怦然心動，不顧眾人眼光大喊：「我戀愛了！」並做了一首情詩以表追求之意：

綽約小天仙，生來十六年。玉山半峰雪，瑤池一枝蓮。晚院香留客，春宵月伴眠。臨行嬌無語，阿母在旁邊。

李香君的心弦被撩撥了，不只墜入情網，也認定這位身穿復社潮衣的男子就是她決定要一生相隨的良人。

復社文人剛直不阿的形象，是李香君的理想對象，兩人愛得難捨難分，並且論及婚嫁。女方的職業讓重視門風的侯家，遲遲不願點頭答應這門婚事，愛面子的侯方域只好偷偷請朋友楊龍友協助，籌措婚禮，還給媚香樓一筆重金，替她梳攏，開辦迎娶佳人的儀式。剛好彼此喜歡的靈犀，兩人的愛與陪伴是互贈給對方最奢侈的禮物了。

婚禮表面上辦得風風光光、轟轟烈烈，侯哥還浪漫地贈與絹面宮扇，做為侯李兩人的定情之物。新婚之夜，侯方域酒過三巡後，不小心說出李香君的贖身款是楊龍友向仇寇阮大鋮借貸而來的，香君聽完簡直氣炸了！連夜變賣首飾，退回嫁奩，還痛罵夫君的無知，並曉以大義地說：「老公，你再怎麼無計可施，也不能向魔鬼低頭！像阮大鋮這檔次的團體，即便免費送你入會大禮，也絕不能答應加入，以免一身清譽沾上不可洗刷的閹黨污名。」

這條怒擲妝奩的新聞在秦淮河畔上了當日頭版，還登上熱搜排行首榜，李香君「脫裙衫，窮不妨；布荊人，名自香」的聲勢，更是讓她的名聲水漲船高。李香君不再是平凡的歌伎，她成為有見識、有志氣的新女性代表，並用「顏值天注定，言值靠才能」說明自己的女性定位。面對愛情，她不只有承擔的勇氣，簡單直率的性格也讓侯哥明白：唯有真正懂自己要什麼的人，才能活出讓人尊敬的姿態。

念念不忘的愛

愛情的世界無須長篇大論，一回眸、一倩笑，侯李兩人都懂彼此作決定的默契。

明朝末年，崇禎皇帝在煤山自縊殉國，清兵大舉入關，福王朱由崧建立弘光新朝。在動盪的政局之下，阮大鋮又趁機得勢了！這位身居高位的小人，想起曾被一介女子狠狠打臉，還登上頭版的糗事，氣量狹隘的他再次做出挾怨報復的事來。

香君擔心夫君受奸人脅迫，鼓勵他投靠史可法。史可法的忠義是大家尊敬的，侯方域因此投奔揚州，並在桃花扇上題詩：

夾道朱樓一徑斜，王孫初御富平車。春溪儘是辛夷樹，不及東風桃李花。

夫君遠走他鄉，香君也陷入分離的淒風苦雨中。即便獨嘗分離的苦澀，香君仍然常常寫信鼓勵侯哥要挺住豪俠氣概，為晚明的存亡做出關鍵性的一戰，期待丈夫能做一

個被仰望的時代英雄。

李香君從小看盡人情冷暖，對於虛名富貴自是淡然，侯方域到揚州開創大業，她是鐵了心要洗盡鉛華，承諾「不復歌矣」，等待夫君衣錦還鄉，所以整日足不出戶，避不見客。

所謂「仗義每從屠狗輩，負心多是讀書人」，小人得勢的阮大鋮，抓不到侯方域洩憤，便把腦筋動到李香君的身上，露出邪惡的本性，籠絡皇帝身邊的紅人田仰，天天逼迫李香君嫁給田仰為妾，最後甚至擅作主張地自組迎親隊伍，準備逼香君乖乖就範。香君誓死不從：「呸！我立志守節，豈在溫飽。忍寒飢，決不下這翠樓梯。」說完，滿臉珠淚漣漣地撞向樓柱，不只血濺定情扇，也嚇壞這班壞人，血濺妝樓的畫面止住了強制娶親的荒謬劇碼。

與侯方域同社的楊龍友，被李香君貞節剛烈的品德感動了！他將濺至扇面上的血痕，點染成一樹桃花，製成桃花扇。

李香君傷癒後，阮大鋮心有未甘，打出聖諭的幌子，逼著香君入宮當歌姬。地位低微的李香君不敢違抗聖旨，只能蘸著淚水寫成書信，她總期待：念念不忘，必有迴響，希望有人能為她傳個信息，讓侯哥知道自己的去向。

在兵荒馬亂的時代，象徵兩人純淨愛情的桃花扇，經由蘇崑生費盡千辛萬苦，送到侯方域的手中。誰知「人蹤悄悄，芳草芊芊」，兩人繞了好遠的路，期待再會的癡心，卻在戰事吃緊、諸事不利的情況下，留下了「紙破窗櫺，紗裂簾幔」的憾恨。

適時放手的愛情智慧

香君一直是秦淮河的紅牌，更是四方才士爭見一面以為榮耀的傾城美人。遇見侯方域之後，她決定千里相隨，無奈造化弄人，這位俠義之女與夫君失散了！面臨清兵入關，媚香樓付之一炬，倉皇之際，逃到棲霞山的道觀一邊修行，一邊打探侯方域的消息，她忠君護主的俠義行為，更讓她的美名遠揚。

在漫長等待的時光中，香君不斷打聽侯方域的消息，有人說他在史可法死守揚州城時就跟著殉國了！有人說侯方域逃回河南故鄉過隱居的生活！有人說侯方域在順治八年參加異族舉辦的應試，中了副榜，名節大損，被人唾棄……各種好的、壞的傳言，每每聽聞，都讓香君備受內心道德的折磨與凌遲。她多希望自己深愛的侯君可以不向勢力、權力低頭，不要辜負身為知識分子的一身傲骨，即便是江山易主之後，還是要以身殉國，保住忠君愛國的復社招牌。

侯李兩情相悅，面對政治集團的爭鬥，愛情不再純粹是愛情，香君變成權力鬥爭下的爭奪品。但是，香君有著獨立的性格，不甘為他人的掌中之物，在亂世無所依恃的她雖猶如天地之蜉蝣，卻不畏強權壓迫，不懼死亡威脅，堅持留在忠君愛國的價值裡，等待愛人歸返，展現對愛情從一而終、對國家忠義的氣節，以及女子在亂世中散發的堅毅，令人肅然起敬。

那日，香君意外地在靈山大會祭祀大典上，與侯方域重逢了！兩人再次見面，相互凝望，恍若隔世。象徵兩人愛情的桃花扇一開，好像飄散出絲竹奏響的情音，他們互訴衷情，重溫你儂我儂的情愫，再次沉醉幸福的情海中。正當兩人耽溺在花月情根時，張瑤星突然出現，對兩人罵道：「你們絮絮叨叨，說的俱是那裏話？當此地覆天翻，還戀情根欲種，豈不可笑？……呵呸！兩個癡蟲，你看國在那裏？家在那裏？君在那裏？父在那裏？偏是這點花月情根，割他不斷麼？」

張道士的當頭棒喝，責以家國大義，讓香君徹底覺悟。國破家亡之際，愛情已是此生無法圓滿的溫柔，面對「覆巢之下無完卵」遺民意識的瀰漫，兩人不能只在小情小愛中留戀。在愛情裡，與其花時間計較曾握不住的過去，不如快意揮別活出自己的新生活。

在道士話語的點化下，兩人「撕扇」，象徵愛情戛然而止。他們拋卻紅塵俗緣，斬斷情絲，一往「南山之南」，一往「北山之北」，雙雙入道。《桃花扇》這齣亂世兒女的愛情悲劇，夾帶朝代更迭的血淚，是戲曲史上前所未見的愛情結局，也留給有情人適時放手的智慧。

《桃花扇》寫的是愛情也是歷史

據說《桃花扇》一上演，場場高朋滿座、萬人空巷，下至離人騷客、上至王公貴族，無不競相傳抄，更讓南明遺民每觀一次，就流下滿臉的亡國悲淚。康熙皇帝知曉《桃花扇》在民間燃起的巨大感染力，心裡雖是震驚，卻鎮定地冷處理，不只沒有下令禁演，反以懷柔政策，升了孔尚任的職位，讓他擔任廣東戶部清吏司員外郎的閒官。這個本來會動搖國本、引發政變的危機，卻在皇帝高明的政治手段下，把轟動一時的《桃花扇》熱搜度降溫，慢慢乏人聞問。

身為孔子第六十四代孫，孔尚任秉持春秋筆法，在寫香君以死守樓的情節，自是有弦外之音：除了形塑愛情忠貞的女子形象，也顛覆我們對歌伎「商女不知亡國恨，隔江猶唱後庭花」的角色思考。愛情看的不是身分的貴賤，而是內在人品的高低。青樓女子出身低微，應是賣國求榮之徒，孔尚任給了香君一襲忠君愛國的羅裳，香君不只牽掛國家興亡，也堅守自己的政治態度。沒有經歷過磨難的愛，無法看出走過最後的決心。透過香君面對壓迫卻依然護持綱常倫教，反襯變節官宦的牆頭草行徑，為了追求功名利祿，忘記宗法家風，更沒有深深的國仇、濃濃的家恨，一如顧炎武在《日知錄》說的，「士大夫之無恥，謂之國恥」，史可法、左良玉、黃得功的為國捐軀，感動秦淮河畔的藝伎，拚命維持貞節、手著道德大義，反觀侯方域身為士大夫之流，明代覆亡前後不只放棄「讀聖賢書，所學何事」的儒士價值，面對改朝換代的現實，變心更節之快，果真讓人徒增唏噓。《桃花扇》寫的是亂世男女的愛情，也藉此突顯國家大義的重要。

《桃花扇》不只是戲劇史跨時代的名作，也具備嚴謹的考據內容，若將其當成歷史教科書來辯證也並無不可。一如孔尚任《桃花扇．凡例》提到：「朝政得失，文人聚散，皆確考實地，全無假借。至於兒女鍾情，賓客解嘲，雖稍有點染，亦非烏有子虛之比。」因此，整齣劇曲看起來是以愛情為經，實為以南明知史為緯，真實呈現南明人民生活以及政治人物錯綜複雜的勢力崛起與敗衰。

不愛是遺憾，愛了是磨難

桃花扇輕搖愛情的悲風，侯方域最終還是扛不起忠義的招牌，活在掌聲中的他，擁有名公子光環後，人氣火速竄紅，不只有無數文學社團主動要求加盟，瞬間爆量的死忠粉絲，讓他習慣被眾人追捧的生活，復社公子變成虛名，無助於對復明的使命。

而李香君的環境逼得她墮入青樓，但君姐還是可以守住防線，成為亂世忠女A咖，扛著國仇家恨的時代招牌，面對桃花扇存留，都是堅貞自持、始終如一。

兩人的選擇終究不同，風流文士向命運低頭了，入清後侯方域積極參加科舉，被時人所諷：「竟指秦淮作戰場，美人扇上寫興亡。兩朝應舉侯公子，忍對桃花說李香。」至於面對沉痛歷史、悲慘命運，香君尊重正直、反對奸佞，自活成一位有血有肉的女性人物。

孔尚任刻意模糊現實生活兩人對正義的看法和道德的底線，小說以入道為名，保全復社的光環，也盡量以求道為結局，讓侯方域的人設不至於徹底崩壞。現實人生的侯方域後來把書房起名「壯悔堂」，是否也對自己人生與政治的偏離有著誤判而生的歉疚與悔恨？

在愛情的路上，我們都不能太精明，若想理性地分析愛情與物質的比重，最後常落得一無所獲。香君從不把愛情解讀得太透徹，她對方域的愛是那麼樸實無華，是那麼情深意重。

或許，愛情沒有對錯，有時候，面對環境的考驗，才能看出誰的愛能堅持得夠長久。侯李的感情是如此磨人心扉的故事，歷經風風雨雨之後，體會到的是——不愛是遺憾，愛了是磨難呀！

兩情若是久長時，又豈在朝朝暮暮？

——牛郎與織女的純愛鵲橋會

愛情慧課室

怡慧老師：

我是一位十八歲的男生，在成長的過程中，父母離異，母親的位置長期缺席，讓我對愛情產生了質疑；這個陰影，也讓我從未接受愛情來敲門的機會。我總是擔心自己會被拋棄，也害怕自己愛錯人，最後還要處理分手後令人悵惘的情緒。最近，我在情人節收到社團學姐寫給我的卡片，雖然沒有明示喜歡我的字句，卻用牛郎與織女來暗示她對愛情的渴望與期待。

看了這封信，我的心動搖了！我發現自己不是不相信愛情，內心十分渴望獲得幸福，只是因為父母決裂的關係，讓我不敢相信愛情……請問，我應該怎麼做，才不會在青春歲月中留下遺憾呢？

戴上愛的濾鏡，誠實面對自我

親愛的：

只要你願意戴上愛的濾鏡，誠實地看待每段關係，每個人都可以得到真正的幸福。感情其實很簡單，愛一個人的基調，常常是感性的、熱情的投射。理智地處理感情，當然是正確的做法，但被愛的感覺常常是瞬間竄入心底，無法提防，也無法克制的。

很多人常問：「一個好情人的指標是什麼？」愛情不是可以掂斤估兩的事，有時候，不妨靜下來傾聽自己內在的聲音。有的女孩看似纖細柔弱，卻擁有堅強獨立的性格，當然不能單看一眼就作出決定，過於裹足不前，常常會錯失適合自己的愛情拼圖。

有時候，當你看不清自己內心真正的想法時，不妨用樹狀圖來釐清自己對愛情的想像：

舉例來說，你可以誠實地列出對情人的外在標準，像是順眼的外表、合宜的談吐、溫和的態度；至少第一眼的直覺是喜歡的、心動的，再評估是否能秉持「共好」的價值觀走在一起，相處上不會有衝突，甚至未來在工作與感情中取捨時都能處於平衡狀態。面對愛情時遵從內心真正的渴望，不要讓上一代的感情宿命成為選擇愛情的枷鎖。幸福常常是很簡單的，不帶任何複雜心情的付出，期待你能從父母複雜的感情漩渦跳脫，體悟七夕節所傳達的愛情真諦——兩情若是久長時，又豈在朝朝暮暮。

翻開愛情故事的扉頁，哪一則傳說流傳之後，竟然演變成和人民生活緊緊相繫、息息相關的節日慶典？沒錯，就是最讓人期待

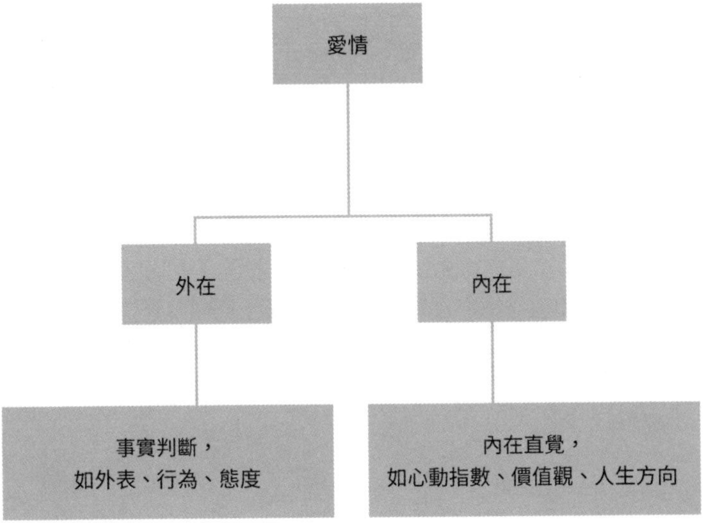

的「七夕」！面對這個重要節日，身邊瀰漫粉紅泡泡的情侶，常常都得煩惱著要出什麼奇招來向對方表達情愛，並讓這個節日變得更有意義。美麗浪漫的七夕，又名七姐誕、七巧節、乞巧節、女兒節，到了現代變成「情人節」的代名詞，當你收到鮮花或巧克力時，為你製造浪漫的牛郎織女星據說一年只能相會一次，當你抬起頭仰望天空時，會不會被牛郎與織女鵲橋會感動得熱淚盈眶？還是誠心地向浩瀚的銀河祈願：「請許我一段美好的愛情吧！」

牛郎與織女鵲橋會

《小王子》說：「每個人都有自己的星星，只有你了解這些星星與眾不同的涵義。」

最早幫織女與牛郎命名的《詩經．小雅．大東》，是最早關注他們的作品：

維天有漢，監亦有光。跂彼織女，終日七襄。雖則七襄，不成報章。睆彼牽牛，不以服箱。

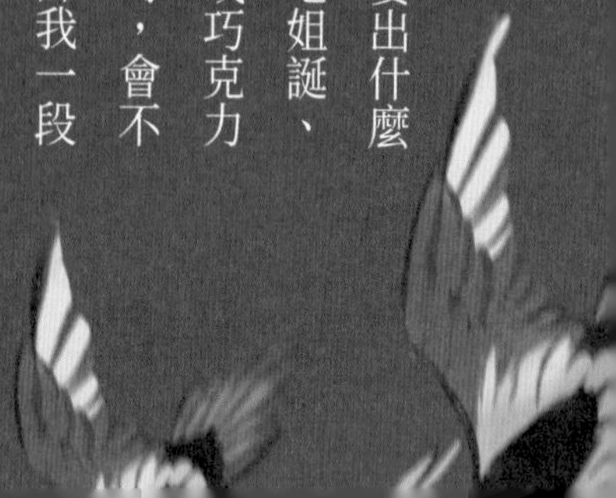

意思是：看那天上的銀河，照耀水清如鏡，燦燦閃亮光輝。只見三足鼎立的織女星，整日整夜七次移位忙著運轉。縱然織女從天亮到天黑忙著移動，仍織不成好紋章的布疋。明亮的牽牛三星，即便閃閃亮亮也不能用來駕車載物。然後，楚懷王設立七夕，祭祀天上的牽牛星和織女星，從文字與歷史紀錄看來，兩星只是古人臥觀的星宿，單純呈現天文星象的實況，並未附會淒美愛情的元素。

那麼，這兩顆星的緣分又如何從各自熠熠閃亮，最後演繹成一部情節豐富的愛情故事？這可要從漢代《古詩十九首．迢迢牽牛星》說起：

迢迢牽牛星，皎皎河漢女。纖纖擢素手，札札弄機杼。終日不成章，泣涕零如雨。河漢清且淺，相去復幾許？盈盈一水間，脈脈不得語。

意思是：遙望遠方的牽牛星，明亮的織女星。織女星伸出細長而白皙的手指，擺弄織布機，發出札札的織布聲。她織了整天卻織不成一匹布，哭泣的眼淚如同下雨般零落，銀河看起來又清又淺，兩岸相隔到底有多遠呢？雖然只隔一條清澈的河流，但牽牛星與織女星卻只能含情脈脈地相互凝視，無法用言語交談。

這首古詩可視為《詩經．小雅．大東》豐富想像力的擴展作，牛郎星位於銀河東，織女星在銀河西，兩顆隔河相望的星子被人格化之後，賦予愛情的象徵意涵，讓觀者產生離情憂思的聯想。優雅詩化的語言描寫牛郎織女想見又不能見的淒楚心情，可視為男女因故分離，無法相見油然生起的相思淒婉之情。

曹植〈九詠注〉：「牽牛為夫，織女為婦，織女、牽牛之星，各處一旁，七月七日得一會同矣。」他的詩作開始明顯指陳牽牛、織女星是夫婦的關係，讓讀者的聯想力無限開展，到底是什麼原因兩星又分隔兩地呢？至於，牛郎與織女的關係被後人穿鑿附會後，漸漸演變成猶如遠距愛情的鵲橋會情節：「大河之東，有美女麗人，乃天帝之子，機杼女工，年年勞役，織成雲霧絹縑之衣，辛苦殊無歡悅，容貌不暇整理，天帝憐其獨處，嫁與河西牽牛為妻，自此即廢織紝之功，貪歡不歸。帝怒，責歸河東，一年一度相會。」被愛情沖昏頭的兩人，最後被罰為遙望的織女牛郎星，分處廣袤蒼穹的美麗星子，互放愛的光芒，看似悲情卻又彷若是送給世間因距離而苦戀的情人，來自星星最浪漫的禮物。

來自星星的你——牛郎織女星的浪漫人設

女主織女星：她為天帝的第七個小女兒，長相甜美、手工藝精湛，喜歡紡織工作。上至天上雲朵、群山氤氳，下至身著的絹縑衣服，都是手巧的織女手作的成果。即便天天不眠不休地工作，仍沒有一絲休息喘氣的機會，具備「阿信」性格的她從未抱怨，甚至忙碌到忘記替自己梳理容顏，成為失去散發炫目光彩、整日鬱鬱寡歡的仙女。後來被天帝派婚，和牛郎結為夫妻。

男主牛郎星：中國傳統社會男耕女織制度下的農夫形象，與住在天河之西的織女遙遙相望。原本兩人毫不相干，因天帝心疼自己的小女兒織女為了勞務繁忙，失去對生活小確幸的追尋，甚至日漸失去仙氣與魅力。特別指派工作認真、個性老實的牛郎陪伴織女，以慰藉織女的寂寥之情。沒想到，兩人多繞了幾個彎，卻在愛的盡頭等到彼此。兩人碰在一起，相看兩不厭，情話永遠不嫌多，牛郎說出：以後的以後，妳是我唯一的唯一。織女因而荒廢紡織，甚至喪失女紅的本領，牛郎也一味地貪圖情愛的歡樂，而讓田中作物漸漸枯萎，雜草叢生。

萬物主宰天帝：在牛郎和織女充滿跌宕起伏的愛情之中，天帝扮演這齣悲歡離散劇碼穿針引線的重要角色。做為神仙界家務事關鍵性的配角，他既是兩人婚戀的媒合者，也是逼使兩人分離的拆散者。主因是兩人陷入愛情的迷惘，各自忘記本分，被迫分離是對兩人執念的懲罰——既然不珍惜送給你們的幸運，就收回你們生世恩愛的可能。天帝之怒，讓織女重回天河東側，並下令兩人每年只能相見一次。

賭上所有時光，只愛你一人：「七仙女」下凡

用一輩子去解釋我愛你，董永賭上所有時光，只想證明自己對伊人的愛。晉代干寶《搜神記》把天界雙星的愛情故事演變成七仙女情助董永，仙女與凡人相戀的劇情。

據說董永是漢朝青州千乘人，母喪後與父親相依為命。董永轆車載父，一邊打零工，一邊照顧住在獨輪車中的父親，對於這樣的苦日子，董永卻甘之如飴。沒想到，父親不久後辭世，他無錢安葬自己的父親，無奈之下，有了變賣「自己」的想法，為了讓父親安然下葬，即便終生為奴，也無所怨言。賣身葬父的消息漸漸傳開了，也感動了鄉里的富豪，願意幫忙董永解決葬父的事情。

問題解決之後，他趕往富豪家為奴，在途中遇到人間難尋的絕美女子，這位女子

纏住了董永，自願要與他成親。一開始，董永以自己一貧如洗，斷然婉拒。但是，女子堅定地非董永不嫁，含情脈脈的眼神讓董永無法招架，只能答應她的請求。兩人前往富豪家的途中，遇到一棵千年老槐樹，這名神奇女子就開口請槐樹充當月下老人，為兩人的婚姻作媒。董永覺得草木雖然有情，但不至於能開口說話。令人驚異的是，老槐樹感動於董永賣身葬父的孝心，還有女子以身相許的真情，衷心說出：「百日好合」的祝福。原本的百年好合，口誤為百日好合，竟埋下兩人未來情深緣淺的遺憾。

兩人到了富豪家，富豪驚訝於董永從隻身一人到身邊有佳人相伴，問了原委之後，也大器地向兩人說：「既然你的妻子專長是織布，若能紡織一千匹絹布給我，就算抵償你的葬父之費，從此兩不相欠，你們就是自由之身了。」

兩人聽完，叩謝富豪之後，就在小屋中住下，打算履行諾言。女子白天從不開工，直至夜幕低垂，才辛勤地紡線織布，手法高超的女子織出來的絲絹，圖紋精美，讓人愛不釋手。短短十日，千匹絹布火速完工，品質也是人間罕見的極品。富豪見狀，撕掉董永的賣身契，還兩人自由之身，從此海闊天空，董永不受奴僕之屈。

董永原以為可以與女子「死生契闊、與子成說。執子之手，與子偕老」，想與她定下生死之約，不離不棄，攜手終老。但是女子久久無法回應董永的誓言，只能無奈地說出原委：「我是天河上的織女星，此次下凡與你結緣，是因天庭感動你的孝親有德，如今我完成助你葬父還債的使命，可能無法與你再長相廝守，共度餘生。希望郎君保重身子，未來有緣，或許還能重逢相見。」

淩空飛升的女子，讓董永猶如做夢般的境遇，讓他願意賭上所有的時光，只愛仙女伊人，終年只能遙望星空，輕輕地嘆問一聲：「噢，來自星星的妳，現在還好嗎？」

虐戀終極版——七夕鵲橋

泰戈爾曾說：「眼睛為她下著雨，心卻為她打著傘，這就是愛情。」牛郎織女遙望的愛若不算是愛情，世界哪有真愛長存？兩人無法相見的虐戀，讓人有流不完的眼淚。直到被忠實粉絲敲碗敲出的七夕鵲橋劇碼一出，讓牛郎織女的相戀有了唯美結局的想像。韓鄂《歲華紀麗》卷三引《風俗通》：「織女七夕當渡河，使鵲為橋。」

分隔千里的兩人各在天河的東西，誰來擔任兩人相會的媒介？此時，代表喜事與福氣的鵲鳥，就成了兩人相會的重要橋梁。傳說牛郎和織女兩人被銀河隔開，只允許每年農曆七月七日才能相見，鳥神受到牛郎織女真摯的愛情故事而感動，喜鵲們齊心群聚用身體緊貼，搭成一座愛的橋梁，讓牛郎和織女能順利在鵲橋上相會。

唐代詩人權德輿《七夕》提到：「今夕雲軿渡鵲橋，應非脈脈與迢迢。家人競喜開粧鏡，月下穿鍼拜九霄。」詩人對牛郎織女一年一度鵲橋相會的喜悅，真實反映了古代七夕節也是「乞巧節」的情狀。女子為求自己也能像織女心好手巧，也有拜「七姐」的習俗，同時，戀人們歡樂相會的喜悅，愛上眉梢的動情描繪得生動活潑、栩栩如生。至於，李商隱《七夕》提到：「鸞扇斜分鳳幄開，星橋橫過鵲飛回。爭將世上無期別，換得年年一度來。」此詩前二句寫出詩人遙想暮色已沉的天空，牛郎織女在鵲橋相見的美好情景，織女過河，鵲鳥搭橋，走出鳳幄，分開障扇，成功地與牛郎互訴情衷，搭蓋長橋的喜鵲們已經完工。此刻，詩人想到自身的遭遇，愛妻早亡，自己獨留人間，面對生離死別的糾結，相見時難別亦難的痛苦，讓他觸景生情、更添哀傷之情。同時寫出自己與愛妻永遠無法見面的悲懷，實為借七夕來抒發對亡妻的悼念與哀慟的心情。七夕鵲橋的愛情看起來很浪漫、很純情，可是人間畢竟是現實、殘酷的，禁不起命運的擊打、離散聚合的考驗，絢爛如煙花的愛情，常常也只是人生句讀的驚嘆號而已。

搭上鵲橋真能離幸福近一點？

學習一個人的寂寞，感受兩個人在一起的甜蜜，這種遠距的愛戀常出現在古典詩詞，援用鵲橋會情節來訴說愛情是用真心保溫的。唐代白居易《長恨歌》：

七月七日長生殿，夜半無人私語時，在天願作比翼鳥，在地願為連理枝。天長地久有時盡，此恨綿綿無盡期。

意思是：在夜半無人的時候，兩人竊竊私語，雙雙對著上天立下誓言：若在天上，我們願作比翼齊飛的鶼鶼鳥；若在地上，我們甘心成為永不分離的連理枝。即使知道天長地久總會有終結之時，只有恆久的生死遺恨，永遠沒有盡期。這段華清宮感人肺腑的帝王告白浪漫愛情，加入七夕傳說的色彩，用牛郎織女一年一會的悲情，突顯李楊兩人望向銀河輝耀，柔情蜜意地說出溫柔絮語。對比被迫分離的織女與牛郎，望向恩愛一世的枕邊人，兩人的愛情是白首到老、天下承平的誓約，本想搭上七夕鵲橋的幸福列車，沒想到貴為帝王的唐明皇之後反被最親近的安祿山倒戈叛亂，面對戰火烽連，兩人

的愛情竟成天人永隔的「牛郎與織女」。傳說讓這段以七夕為基調的帝王之戀，傳唱著分離悲傷的斷腸驪歌。至於北宋秦觀的《鵲橋仙》更是七夕節的代表作：

纖雲弄巧，飛星傳恨，銀漢迢迢暗度。金風玉露一相逢，便勝却人間無數。
柔情似水，佳期如夢，忍顧鵲橋歸路。兩情若是久長時，又豈在朝朝暮暮。

意思是：纖薄的雲彩在天空展現變幻多端的形象，天上的流星傳遞相思的愁怨，遙遠無垠的銀河，今夜我悄悄度過。在秋風白露的七夕相會，勝過塵世間那些長相廝守卻貌合神離的夫妻。我們共訴相思，柔情似水，短暫的相會如夢如幻，分別之時不忍去看那鵲橋路。只要兩情至死不渝，又何必貪求卿卿我我的朝歡暮樂呢？

歌詠七夕的詩詞中，秦觀的《鵲橋仙》是最為大家所熟知的，秦觀描繪初秋夜景的璀璨與華麗景象，蘊涵情人的離愁別恨，把牛郎織女一年只有一次相會的傳說，以銀漢迢迢刻劃兩人遠距相思的愁苦。詞人不寫相逢時珠淚漣漣的悲景，反以喜筆描繪熬過思念氾濫的時刻，久別重逢的愛侶、親暱相會的幸福，與其悲嘆握不住的永恆，不如把握良辰共度的剎那。現實鐘響，兩人匆匆相見又離情依依。鵲橋在望的不忍卒睹，如何寬慰魂牽夢縈的彼此？為了丟出鵲橋幸福的彩蛋，詞人以「兩情若是久長時，又豈在朝朝暮暮」，寫出堪稱史上遠距愛情最強大的口號：「不以聚少離多為憾恨，反以超越相聚時光的侷限」，詞家獨出機杼的詩句，塑造最高的愛情典範，真正的愛不在兩人朝暮的歡樂，而是超越時空心靈相契的默契。你懂我不流淚的勇敢是愛的承諾，尤以末兩句婉約寫出七夕詞「剎那即是永恆」的幸福立意，愛情讓我們即便分離，也擁有彼此真心的等待。

七夕真的是情人節？

有人說：七夕不是東方情人節？元宵節才是。後代商家刻意地渲染鵲橋情愛，七夕才會成為情人節的代言節日。如果從宋代辛棄疾《青玉案．元夕》來看：

東風夜放花千樹。更吹落，星如雨。寶馬雕車香滿路。鳳簫聲動，玉壺光轉，一夜魚龍舞。蛾兒雪柳黃金縷。笑語盈盈暗香去。眾裏尋它千百度。驀然迴首，那人卻在，燈火闌珊處。

意思是：入夜之後，滿城花燈好像是春風吹開花兒掛滿千枝萬樹似的，煙火像是被吹落的萬點流星。驅趕馬兒奔馳的華麗車子，沿途香風飄散著。鳳簫吹奏的樂曲飄動，與流轉的月光在人群之中互相交錯著。玉壺的燈光流轉，此起彼伏的魚龍花燈翩然飛舞著，美人頭上戴著亮麗的飾物，有的插滿蛾兒，有的戴著雪柳，有的飄散金黃的絲縷，她們個個面帶微笑，帶著淡淡的香氣從人潮前經過。在眾多群芳中，千百次尋找她的蹤跡，可惜都沒找到；突然回頭，猛然發現那人孤零零地站在燈火稀稀落落的地方，等著我。

原來，古代未婚女子平日被約束要守持「大門不出、二門不邁」的規矩。因此，元宵解除宵禁，女性可以自由地四處遊覽，青春爛漫的窈窕女子漫步在燈節如白晝的街市，品啜節慶浪漫甜釀的年輕男女，藉此良機邂逅愛情，共結美好姻緣，因此古人把元宵節視為未婚男女的真正情人節。一如辛棄疾的這闋詞，我們可以看出正月十五的夜晚，滿城不只燈火通明，大家通宵達旦地嬉鬧、載歌載舞，盡情狂歡的歡樂景象。瀟灑詞家不只寫世人酣暢之景，更寫節日中未婚男女希冀遇見愛情的期待雀躍之情。一波三折的心情起伏，詩人最終在尋訪到佳人身影之後，讓不安悽惶的心終於塵埃落定了。

看到這裡，你會懷疑到底是元宵還是七夕才是情人間談情說愛的節日密碼？七夕鵲橋到底產生什麼美麗的誤會嗎？

古人認為「七」代表吉利圓滿，因此，充滿神秘色彩的星象，尤以織女牛郎星被文人認為象徵男性乞勤、女性乞巧，穿針乞巧是庶民百姓希望透過燦亮星子的引領，讓他們走向美好未知的將來。「天上一顆星，地上一個人」的綺麗思維，對比農業社會，男子勤耕、女子巧織，夫妻相愛，家庭幸福，透過星星知我心的類比，兩人代表百姓生活最美麗的人間圖像，一如《西京雜記》記載：「漢綵女常以七月七日穿七孔鍼於開襟樓，俱以習之。」因此，人民趁著牛郎織女晚上在天河會合，準備瓜果向兩星祭拜，並以五彩顏色之絲縷穿過七孔之針，向織女乞巧外，登樓曝衣更是另類祝禱自己姻緣圓滿的習俗。

從七月七日乞巧的習俗，可以看出漢代社會對女子手藝精巧的要求，巧手如織女才能博取夫家憐愛、婚姻幸福。若從這個面向來看，古代的元宵節比較像是年輕男女邂逅戀情的節慶。所以看官們，終於看出門道了吧！七夕給的彈性就寬鬆些，無論是已婚、未婚男女，都能在這個節日留下祈願幸福的祝禱，把它視為代表愛情的情人節，看來並無不妥。

留點空間不見面是七夕最浪漫的事

「牛郎織女」留點空間不見面，反而增添愛情浪漫的想像，甚至還在亞洲國家廣為流傳，變成國際愛的紀念日，是可以一起普天同慶的七夕情人節。甚至，日本七夕還加入《古事記》的「棚機傳說」：傳說在奈良時期，一位棚機少女在水邊織衣祭神，為村莊消災解難，並與之結成一夜夫妻。江戶時代還有人把自己的心願書寫在繫上絲線的紙箋上，並將它綁到竹枝上，據說這樣做，就能心想事成、如願以償。流傳至今日，日本七夕祭前夕都會搭配花火盛會，置身在萬盞亮彩燈節，綻放燦爛煙火的節日，望著天上牛郎星與織女星相互閃爍的天空，更增添七夕情人旖旋浪漫的情懷。

七夕看來像極了半糖主義，沒有鎮日黏踢踢的甜膩，卻有留給彼此一點自由的浪漫。無論你是快樂的單身一族，可以趁著這個節日，過好一個人的情人節，用心寵愛自己，當自己的貼心情人。幸福戀愛ing的你，七夕節可要趁機對喜歡的人送上甜甜的心意，在社交平臺曬一下恩愛！大膽秀出你的愛情主場。或者，你也可以向戀人未滿的愛慕者表白。七夕讓你減少營造情境的忐忑心情，讓「喜歡你」這句話有個粉紅情境幫你搭橋，邀約的暗示就是昭然若揭的喜歡；若是面臨感情的鞭笞與折磨的你，趁著這個節日正式和過去說再見，重新開啟愛的甜寵劇。

七夕，是重新認識愛的機會，要相信每個人都值得擁有更好的幸福。

若能把天天當作情人節度過的人，無論是已婚或是單身，都是善於經營感情的戀愛高手。唯有喜歡自己、善待自己的人，未來才有機會成為別人生命的Mr. / Miss Right。

異次元空間的愛戀——只還傘愛不能散的《白蛇傳》

愛情慧課室

怡慧老師：

我是一位大一的學生，父母對於我交往一位家庭背景差距很大的男朋友，十分惱火！甚至不惜連連出招，企圖阻隔我們之間的聯繫。

我都已經高中畢業了，難道還要聽從父母選擇他們喜歡的對象嗎？雖然我有勇氣堅持下去，但是男友對我父母的強硬做法感到不滿，我夾在雙方之間，搞得心也好累！明明男友是個疼我的好男生，父母也是模範父母，為什麼他們不能為了我，好好地坐下來溝通與試著了解對方，好好相處呢？我想問的是：「家庭背景差異懸殊的情侶，真能走在一起，不會到頭來搞到人生豬羊變色嗎？」

愛能超越彼此的距離

親愛的：

家庭背景差異懸殊的情侶，指的是價值觀、人生態度？還是彼此物資條件的評比？我常告訴學生：「刻板印象影響我們對於真實世界的判讀。」例如：男性要養家，所以錢要賺得比女性多；男性要保護女生，所以能力要比女性強大。所謂男主外、女主內，女性被定位成要照顧小孩、煮飯、做家務的形象……

我認為真正的「差異」不是別人定義的，而是你們內心怎麼認知「彼此」的共識。即便教育程度差距很大，但是兩個人對於彼此未來的成長、人生目標擬定是有共識的，那麼走著走著也會有交集的。事實上，願意拉近差距，在感情經營上就是積極正面的態度。同時，妳要思考的是，表象的差異，有機會透過理解溝通而真正消弭嗎？

希臘哲學家亞里斯多德說過：「人生價值觀體現一個人的價值和思想行為。」怡慧老師建議妳可以使用施瓦茨價值觀量表（Schwartz Values Survey，簡稱SVS）來作測試，它包括五十七項價值觀，代表自我超越、自我提高、保守、對變化的開放性態度等四個維度、十個普遍的價值觀動機類型。男女關係的和諧，重要的是三觀要合，也就是價值觀、人生觀、世界觀。認真審視自己的三觀，了解對方的三觀，尊重彼此不同價值的看法，無須屈就，也不必激化，適時溝通與交流，不作臆測與猜忌，妳就能清楚彼此是否適合繼續走下去。我想家庭背景是否差異懸殊，就將不會是你們相處的問題了。

我們的愛來自異次元空間

《白蛇傳》是千年演繹的愛情劇本，白霧縈繞的西湖、細雨濛濛的斷橋邊，一位素衣婆娑的女子、一位青衣款款的妹子，有情姐妹來人間走一遭，兩人甘冒天下大不韙，只求圓白素貞與許仙一份苦求不得、義無反顧的愛情。表面看來是人妖相愛後的催淚之作，誓死不悔的背後，其實是想訴說對差異懸殊價值的溝通，挑戰陳舊婚戀觀鬆綁的渴望。有人說：「白蛇所有悲情都來自於貪戀許仙的私愛。」真心來說，它堪為前衛自由愛情的扛鼎之作。這場身分不同、階級差別的愛情，如何說服天下人給出愛情的認同？《白蛇傳》讓大家棄守對愛情傳統的想像，願意給予這對異次元空間的戀人一點相愛的空間，還有更多的祝福和同理心。

一般熟知的《白蛇傳》是由清代「夢花館主」蒐集彙整的口頭傳說，及參採文獻完成的白話章回小說《寓言諷世說部前後白蛇全傳》。因此，你會看到有別於過往愛情小說的新風貌。白蛇逾越儒家立下的倫常家法，她的身分不是市井小民與權貴階級的對立而已，是更詭譎的人妖對立的時空錯位。塵俗自有塵俗的規矩，走進人間婚戀的遊戲規則，白素貞卻叛逆地挑戰封建權威的分明界線，帶著讀者遊走在人倫道德的底線，現實給出了骨感，小說卻給足了溫暖。

詩情畫意的西湖美景背後，藏著累世愛恨交錯的愛情軸線，報恩看似是歷劫的開始，卻也是愛上了就無悔的勇敢。峨眉山得道的白素貞，與凡塵男子許仙結緣相愛，這段不被傳統社會或仙家認同的人妖之戀，到底該怎麼走下去？

初始，白素貞背負一面倒的負評壓力，蛇精角色的誤讀，備受人言無情地打擊，這些外在的考驗，白素貞都咬牙挺過了。許仙的質疑、猜忌、背叛，出現在兩人相愛之後，撕心裂肺的傷是男主在法海的布局下，展現對人妖戀斷尾求生的自私自利，不只罔顧舊情，還作出決絕的切割關係。白素貞只能以更強大的愛，去挽回這早已是輸局的愛情，最後捧出真心，讓凡間俗子許仙真心回頭。當白素貞以飛蛾撲火的心情，傾盡所有，真能有機會去搏一場來自異次元空間的愛戀，甚至逆轉自己的人生戰局？

猜不透誰正誰邪的人設

《白蛇傳》主要描述修練成人形的白蛇與世間男子許仙曲折的相戀故事。故事最厲害的是，完全翻轉過去你對人妖設下的既定印象。在歷史上，法海確有其人，卻非奸邪之人，他是替天行道的先行者，也代表封建社會的權威，但是為何在《白蛇傳》中，為圓救命之情而非害人享樂的白蛇，卻和法海惡狠狠地槓上了，而且非拚個你死我活不可？你腹黑，我也不手軟地雙方互鬥，再加上一個護姐情深的小青蛇，有壓力就胡亂選邊站的軟弱男許仙，這場人妖愛戀，跳脫世俗的愛情框架，它給了白素貞這個女性形象一個愛情的高度：面對許仙，白素貞為妻可以是端莊賢良的，也可以是豔麗撩人的；面對法海，她可以是剛烈抗衡的，也可以是低頭示弱的；面對自己的骨肉，她不再爭鬥，潛心悔恨前事、默許壓塔犧牲自己。你真猜不透，這齣戲誰演的是正派？誰又是邪道？除非你讀懂作者預藏的人設心機。

《白蛇傳》有四個重要的角色設計：

女主白蛇：唐代傳奇《白蛇記》的主角白蛇，吸取天地精華之氣，具備超常能力，能幻化為美人，惑眩貪色之人，然後將其為色慾所迷之人危害，使其喪失性命，劃出人妖分際不可僭越的界線。馮夢龍《警世通言．白娘子永鎮雷峰塔》依然承襲唐傳奇的人設框架，白蛇雖偶有蛇蠍害人的心計行為——傷害男主許仙歷劫遭災，但是，追究其心，她對許仙有情，甘願被男二法海化身的正義男主，完成除妖之舉、自我犧牲。清初《雷峰塔傳奇》，白娘子形象由黑翻紅，既有傾國之姿，還有為愛捨身的氣魄，瞬間變成人人憐愛的女主。白蛇形象因為母性、求愛不得的乖舛命運，讓讀者油然而生同情與不捨，我們對母親形象的想像與感激在白蛇的行為中找到同理的出口。「盜取仙草」只為救回許仙性命，而「水漫金山寺」是被法海逼到走投無路，無奈之下，以牙還牙地向破壞白許婚姻的挑釁者法海宣戰。作者選擇推倒封建、道德雙重的高牆，唯有讓讀者卸下對白素貞蛇妖身分的戒心，願意走進白蛇的真實世界，願意同理以及角色互位，這場勝負已定的人妖戀曲，才能在讀者心態的傾斜之下，將「賢妻」、「人母」的高帽戴到白素貞的頭上，讓她在既可憐又可敬的身分下，跳過蛇身的侷限，演繹慈母賢妻的情深義重。一如魯迅《論雷峰塔的倒掉》提及：「誰不為白娘娘抱不平，不怪法海太多事的？」

男主許仙：江南敦厚木訥書生，與幻化成人形的白蛇在雨中邂逅、同船共渡，漸生情愫，他們相識相知，結為夫妻。面對生活曲折波濤，許仙顯得懦弱無能且忘恩負義，在馮夢龍《警世通言．白娘子永鎮雷峰塔》中，男主名叫許宣，即便夫妻感情如魚似水，得知白娘子是蛇妖後，他求法海：「救弟子一命則個！」看到法海揭起缽盂，白蛇「縮做七八寸長，如傀儡人像，雙眸緊閉，做一堆兒伏在地下」，他不只沒有憐憫，反用以如釋重負、幡然醒悟的絕情形象作結。在《雷峰塔傳奇》中，他遊走在白素貞與法海之間，在兩個陣營不時倒戈，性格優柔寡斷、遇事躊躇不安，軟弱性格窺然可見，遇到挫折，不去積極解決，反而怨天尤人；只顧及個人感受忽視白素貞的心情，無法勇敢挺身而出，許仙常常陷入的是逃避的死胡同。例如，當他知道白娘子是蛇妖之後，許仙狠心地說出：「禪師，可曾收那妖孽？」瞬間，許仙的人設崩壞了。幸好，後人穿插許仙堪稱地表最強的悔恨淚水，讓白素貞即便傷痕累累，也無法對許仙的絕情心生離棄之意，反而屈就在他的溫柔下，給予包容，並做出更大的犧牲。若以現代眼光來看，許仙前後判若兩人的性格，並不是能依靠終身的好對象，反有幾分渣男的特質，不過，《白蛇傳》倒是給了他一面倒的暖男人設。

男二法海：法海原是唐名相裴休之子，啣著金湯匙出生，博覽群書，不只資質聰穎，仕途一路順遂，平步青雲。或許，從小佛緣甚深，最終仍決定斬斷塵緣、出家苦行。據說他在苦行過程中修葺金山寺，被奉為「開山裴祖」。有段文字記載：「蟒洞，右鋒之側，幽峻奇險，入深四五丈許。昔出白蟒噬人，適裴頭陀驅伏。」高僧降蛇可視為《白蛇傳》法海人設的原型，只是拯救蒼生的法海，為何會在清代《白蛇傳》中變成人人鞭撻的對象？或許是，《白蛇傳》是民間集體創作的愛情小說，許白邂逅結緣的篷船借傘，兩人恩愛相處的歲月靜好，法海硬是破哏白娘子的蛇精身分，許仙陷入死劫，逼得白素貞鋌而走險，盜取靈芝仙草。多事之秋，法海興風作浪似地挑撥，白蛇氣憤地水漫金山，如泣如訴的斷橋情節，雷峰塔生死離別，許仙之子仕林祭塔，骨肉分離，惹人悲不可抑，法海遁身蟹腹以逃的結局，也傳達民間對自由婚戀的嚮往與追求。透過白蛇的異次元身分，刻意突顯封建社會階級的禁錮，造成人際相處的限格、婚嫁的不自由。高僧法海從解救蒼生的好人，變成多管閒事、去之為快的苦命主。自此，正面男法海成為散離他人姻緣的罪魁禍首。

女二小青：白蛇來人間求愛歷劫，傳奇情愛展現兩人對愛情相守的勇敢堅貞，青蛇不遺不棄、忠心護主，更是不能缺少的重要女配角。在〈雙魚扇墜〉與〈白娘子永鎮雷峰塔〉的文本中，小青並非蛇精變身，而是一條青魚。直至「雙蛇鬥」的情節出現後，青峰山光華洞的青蛇原是男兒身，喜歡上修練七千九百餘年的白蛇，理念不合，兩蛇開始爭鬥，最後青蛇敗陣下來，只能君子似地選擇願賭服輸的結果，化身為女子並與白蛇結拜為金蘭姐妹，成為調皮古怪、重情重義的討喜女二。她以綠葉身分搭襯白蛇的千姿百態，守諾地終身侍奉於她。白蛇為救許仙怒鬧金山寺，最後被強壓雷峰塔後，她為了替白蛇復仇，始拜驪山老母學雷法。青蛇的可愛，青蛇的執著，守護的不是俗世的小情小愛，捍衛的是姐妹情深的人間道義。她幫白蛇扛住千金重的壓力，為她擦乾失落的眼淚，只要是欺負姐姐的人或神妖，她都兇狠地加倍奉還。

讓正邪角色翻轉、扣人心弦的母愛

許仙與白蛇邂逅相遇，同舟避雨，兩人一見鍾情，互許情衷，但人蛇不兩立的愛情，在非同類不相戀的世道價值，最終還是以悲劇收場。甚至，白蛇初始的角色是邪非正，還因私傷人。兩人要相愛，真的如登天之難，本質就參雜利害糾葛與複雜人性的試探，愛是流動的，思考也是，許多昨是今非的說詞，一個差池，就是一個世界之遙。一如《警世通言》詩曰：「祖師度我出紅塵，鐵樹開花始見春。化化輪迴重化化，生生轉變再生生。欲知有色還無色，須識無形却有形。色即是空空即色，空空色色要分明。」

許仙在對的時間遇見不對的人，果真是情殤一場。馮夢龍認為許仙被蛇精迷惑，導致性命垂危，最後救苦救難的法海現身解危，就是要警戒世人：色即是空、空即是色，美色禍水，不可不慎。

直至嘉靖十四年彈詞《義妖傳》推出，白蛇一躍成為有情有義的女性。白蛇之所以能漂白，就是為愛犧牲的傻勁，那是愛情世界最難累積的資產。再加上清乾隆方成培《雷峰塔傳奇》推出，不只是乾隆皇帝御覽的招牌，一時之間各階級不斷瘋傳，舉國無人不知《白蛇傳》，加上水竹居本刻意把白素貞塑造成只要愛上了就無怨無悔付出的癡情女性形象，顛覆讀者對白蛇的既定印象，白蛇靠著賢妻、慈母的形象，持續大量圈粉，癡心就是人設的複利投資，她癡情付出，不計回報，看戲的觀眾獨愛的白蛇猶如搖曳在紅塵中懂得慷慨給愛的女人花。

白蛇捨身救愛情、奮力搶親情的「慈母」形象，使得白蛇逐漸擺脫重慾害人、趨利傷人的「妖魔」性格，以趨近於忠夫愛子的「人性」，爭取自由的愛情，不惜與法海和尚來個玉石俱焚似的直球對決、當面迎擊，最終寧願散盡所有，被困在雷峰塔下，獨嘗隻身青燈孤影，寧守百年之孤寂終不悔。白蛇犯的錯，是世道訂下的特別條款，只要

是妖就帶有原罪，白娘子在《白蛇傳》中愛過情重的臉龐被編劇重新定義了，世道給予白蛇一個「重新做人」的新價值。

撕掉「傲慢與偏見」的標籤

千年輪迴的愛情，跨越人、佛、妖三界，白蛇從未反覆二心，反而是許仙左右為難，似乎落入所有的異類都無法走進人類社會群體的毒，你出生為蛇妖，就一輩子別想要走進人類的世界。這何嘗不是身為人類的優越感，對於非人之儔輩，就貼上傲慢與偏見的標籤？你以為的公平正義，其實是懷有敵意或負面態度，歧視的濾鏡決定白蛇一出場是人？是仙？是妖？是魔？每個人設應由他或她的作為來定義，而非他或她的出身。

有人說，世間最恐怖的不是鬼，而是身邊詭譎的人心，有句燃爆的話就是：「我是誰，由我不由天，我的角色我想演才算數。」偏見常是一把殺人不見血的刀，當你看到蛇精，連帶產生刻板印象，和自己「不一樣」的類屬，可能就是邪佞之屬？馮夢龍版的故事，白蛇形象和唐宋想像的蛇怪、蛇精不太一樣，過去的蛇妖雖然擁有人類的外表，但是她的所作所為卻和儒家推崇的仁愛敦厚思維大相逕庭。馮本的小說中，白蛇形象雖存有妖性的不可控，非人性可怖的舉止，不過，她對許仙仍存有當下的純愛，例如對許仙有著深情的亦步亦趨，有些應對進退也頗有人性的可愛。白蛇形象的翻轉，讓我們逐漸撕掉人物之間的界線，當白蛇擁有人類的純性越高，讀者會因人性化的傾斜而接受度就越高。

女性為母則強，為愛不計代價，願與許仙生死與共、至死不渝的感情，的確淡化了她身為蛇精的身分。白素貞內心對許仙的愛執著難搖，即便身陷雷峰塔，與寂寞相伴百年，依舊甘之如飴，選擇做自己的勇氣，就是繾綣別離，心會痛；水漫金山，情會慌，生死永隔，她以為追求愛情是簡單的，其實是帶來複雜的抉擇。白素貞的愛是無私地給予，法海對於神格的追求，反讓他降格了，他沒有萬物齊一的高度，對於白素貞蛇妖的身分，過於刻板化，反而徒增煩惱，選擇因而有了偏頗，最後善惡因果、正邪互位。白蛇費盡心力，就想融入許仙所屬的人類社會，她的心靈是純潔的，對於人我之分並不鮮明，人間物我兩分的二元對立，讓白蛇身負整個蛇族的原罪。法海以鎮壓巨妖之名，要求許白必須分離，法海以為人妖結合就是陷入萬劫不復的煉獄，沒想到這個偏見反是拆散世間好姻緣的劊子手。白蛇在失望和絕望的追逼下，作出水淹金山的錯誤決定，她並非出於本性的惡，雙重緊逼下，不得已地反擊，我們真能撕掉「傲慢與偏見」

的標籤嗎？

白蛇飲下雄黃酒，被逼原形現身

「端陽驚變」開啟兩人愛的變奏曲，傳說蛇遇到雄黃猶如鬼看到閻王，《白蛇傳》是從「遊湖」開始，〈船舟借傘〉讓許白相愛、展開如膠似漆的甜蜜生活，形影不離，羨煞他人。原本，相愛的兩人，為何會陷入猜疑、決裂、形同陌路？或許，許仙逼白娘子飲下雄黃酒是一個重要的關鍵。當時，小青因為端午燥熱難耐，躲回山中避暑，獨留有孕在身的白素貞與許仙共處。青蛇一直是白娘子重要的隨行者，一如柏拉圖說的：「人本來是雌雄同體的，終其一生，我們都在尋找缺失的那一半。」她可以是溫柔陪伴的女兒身，也可以遭遇危難時變成男兒身守護者。或許，被青蛇保護甚好的白娘子，沒有意識到端午雄黃酒的考驗，成為人生一個致命的難關。根據《荊楚歲時記》記載：「五月五日謂之浴蘭節，四民並蹋百草之戲。採艾以為人，懸門戶上，以禳毒氣。以菖蒲或鏤或屑以泛酒。」法海讓許仙在端午以習俗來逼使白蛇現形。

白蛇千年的修行，真會怕雄黃嗎？再說，雄黃酒會逼使人身現形，白娘子難道不

能用法術把雄黃酒移花接木為其他飲品嗎？面對摯愛的質疑與臆斷，甚至聯合法海來試探自己身分的真偽，這是何其難堪又痛苦的虐心戲！為了讓愛人許仙相信自己的忠誠，願意信任自己，白娘子大膽喝下「蛇類剋星」雄黃酒，毫無掩飾地，承受心如絞痛的內外交迫，想豪賭的是，即便許仙看見她的真面目，還是會接受真實的自己，但又擔心許仙搖擺之後，放棄這份感情。從她內心小劇場爆炸後，擔心失去地拚命想逃出，卻又被門前的菖蒲、艾草困住，許仙打從心底的不信任，讓她明白，這次她賭輸了，只能無奈地躲回床上自我療癒。許仙看完端午賽龍舟後，心中忐忑，返回家中探望白娘子，沒想到一掀羅帳，驚見張著血盆大口的巨蟒，向他襲來，嚇到魂飛魄散、一命嗚呼！

曾經如此濃情蜜意的夫妻，因為法海的教唆、介入，堅實的信任破裂，猜忌懷疑成為兩人相處的夢魘，許白的愛情蒙上陰影，讓許仙與白娘子陷入「人妖殊途」的劫難。這爆炸性情節、愛侶陷入悲慘的絕境，再次讓白娘子為了救許仙，親上「崑崙盜草」，即便犧牲自己，也要救回許仙一條命，這份癡迷才是許仙做不到的全然的愛吧！

《白蛇傳》中的白娘子面對心愛的丈夫即將死去，看似柔情似水的白蛇，瞬間強悍堅毅起來，一如《太平廣記》提到「金剛怒目是為了降伏惡人，菩薩低眉是為了攝取善人」，一個女人可以為了保全家庭，上刀山、下油鍋也無所畏懼，我想善良、多情、勇於犧牲的白蛇，無論是人是妖，早已質變地活在我們的心底。因此，當法海要在水漫金山寺後，收服白娘子時，他反求法海說：「縱使她果是妖怪，她並無毒害弟子，況她十分賢德，弟子是以不忍棄她！」

從蛇妖到女仙，社會價值與時俱進

中國神話傳說中，「伏羲鱗生，女媧蛇軀」，女媧和蟠蛇圖騰有了連結，蛇軀代表女色是既定印象。唐宋版的白娘子是「生猛」異類，《博異志．李黃》提到：蛇化美女以幻術迷眩男子，綽約的絕代之色只是方便蛇妖害人的工具，結局駭人以「唯有頭存」警戒世人戒色戒貪，蛇妖仍是無血無淚的他者。「非我族類」的壁壘分明，在馮夢龍《警世通言．白娘子永鎮雷峰塔》開始有了不同價值的位移：白娘子有了家世背景、姓名，還帶上了丫鬟小青；如花似玉的美婦人，以寡婦身分和許仙有了人間情愛，以定情信物油紙傘傳遞，兩人愛上了的細膩：「這傘是清湖八字橋老實舒家做的，八十四骨，紫竹柄的好傘，不曾有一些兒破，將去休壞了，仔細！仔細！」珍愛的紙傘贈予心愛的女子，白蛇不再是妖，而與人類共感，白娘子學會人間語言，善於溝通與安慰，唯有許仙背叛自己，投靠法海陣營時，白娘子也學會人類語言，嚇唬許仙：「我與你平生夫婦，共枕同衾，許多恩愛，如今却信別人閒言語，教我夫妻不睦。我如今實對你說，若聽我言語喜喜歡歡，萬事皆休；若生外心，教你滿城皆為血水，人人手攀洪浪，腳踏渾波，皆死於非命。」此時的白蛇開始有人類的心計，也會為自己喜歡的人耍點心機，拉攏對方不要遺棄自己，對感情的眷戀感、依賴感讓她蛻去蛇性、增添人味，此時的蛇妖和我們一樣，就只是想要幸福婚姻的單純女性。

許仙也從當初貪戀美色而死於非命的富家子弟，變成中國第一位癡情專一的異次元小說男主，還喊出：「娘子啊，縱然妳是異類我也心不變！」至於降魔伏妖的法海，人設一路下修，從正氣凜然的救世主，變成不懂愛情、偏執作梗的愛情終結者。不過，人妖之間的對立最終還是搬出佛祖點化白娘子，讓其斷情，成仙而去，來個圓滿大結局。被蘇軾稱為「淡妝濃抹總相宜」的西湖，也因《白蛇傳》深入民間的軟實力，地景與美麗傳說吸引無數遊客來憑弔白娘子與許仙之間的異次元愛情。

社會階級的流動，民間對愛情的觀念也越來越鬆綁而開放，《白蛇傳》人物塑造，也給予我們更多的空間去包容與理解。直至清代，文人想像力大展開，持續開外掛地渲染白蛇的情真、情深，人物角色更融入庶民生活。兩人開藥舖，對於生民有慈悲之心，助之為快的率真，男女主的角色開始多元豐富，白娘子因為許仙，真正愛上人類的生活，成為普渡眾生、治病救人的「蛇仙」，許多橋段都瀰漫仙氣飄飄、佛心來著，蛇比人更愛人，甚至還懷有人族的後代，母性讓她成為完整的同路人，完全顛覆我們對蛇類的負評。至於許仙也從貪色的被害者、貪生而負心的人，成為為愛相挺白蛇的有情男。

《白蛇傳》教會我們的是：人生的錯過，常是痛徹心扉「時不我予」，每一個念頭牽動的是緣起緣滅，也是人間難得的情愛呀！遇見一個願意愛你比愛自己多很多的情人，你不只要心存感激，還要大聲恭喜自己：遇見真愛的奇蹟比中樂透還要幸運千倍、萬倍呢！

古人潮情詩100

甜寵你無極限

1.《詩經．邶風》〈靜女〉

靜女其姝，俟我於城隅。愛而不見，搔首踟躕。

2.《詩經．鄭風》〈子衿〉

青青子衿，悠悠我心。縱我不往，子寧不嗣音。

青青子佩，悠悠我思。縱我不往，子寧不來。

挑兮達兮，在城闕兮。一日不見，如三月兮。

3.《古詩十九首》〈行行重行行〉
思君令人老，歲月忽已晚。棄捐勿復道，努力加餐飯。

4. 謝朓〈江上曲〉
易陽春草出，踟躕日已暮。蓮葉尚田田，淇水不可渡。願子淹桂舟，時同千里路。千里既相許，桂舟復容與。江上可采菱，清歌共南楚。

5. 劉禹錫〈竹枝詞〉
楊柳青青江水平，聞郎江上唱歌聲。東邊日出西邊雨，道是無晴卻有晴。

6. 柳永〈蝶戀花〉
擬把疏狂圖一醉。對酒當歌，強樂還無味。衣帶漸寬終不悔，為伊消得人憔悴。

7. 唐寅〈題拈花微笑圖〉
昨夜海棠初著雨，數朵輕盈嬌欲語。佳人曉起出蘭房，折來對鏡比紅妝。

8. 晏殊〈清平樂〉

紅箋小字，說盡平生意。鴻雁在雲魚在水，惆悵此情難寄。

9.《詩經．周南》〈關雎〉

關關雎鳩，在河之洲。窈窕淑女，君子好逑。

參差荇菜，左右流之。窈窕淑女，寤寐求之。

10.《玉臺新詠》〈鳳求凰〉

有一美人兮，見之不忘。一日不見兮，思之如狂。

11. 李白〈長干行〉

妾髮初覆額，折花門前劇。郎騎竹馬來，遶牀弄青梅。同居長干里，兩小無嫌猜。

12. 李煜〈菩薩蠻〉

畫堂南畔見，一向偎人顫。奴為出來難，教君恣意憐。

13. 繁欽〈定情詩〉

我出東門遊，邂逅承清塵。思君即幽房，侍寢執衣巾。

時無桑中契，迫此路側人。我既媚君姿，君亦悅我顏。

14. 越人民歌〈越人歌〉

心幾煩而不絕兮得知王子。山有木兮木有枝，心悅君兮君不知。

15. 李延年〈李延年歌〉

北方有佳人。絕世而獨立。一顧傾人城，再顧傾人國。

寧不知傾城與傾國，佳人難再得。

16. 辛棄疾〈青玉案〉

蛾兒雪柳黃金縷，笑語盈盈暗香去。

眾裡尋他千百度，驀然回首，那人卻在，燈火闌珊處。

17.《玉臺新詠》〈孔雀東南飛〉

君當作磐石，妾當作蒲葦。蒲葦紉如絲，磐石無轉移。

18. 盧仝〈雜曲歌辭〉

風含霜月明，水泛碧天色。此水有盡時，此情無終極。

19. 管道昇〈我儂詞〉

你儂我儂，忒煞情多，情多處，熱似火。把一塊泥，捻一個你，塑一個我。將咱兩個一齊打破，用水調和。再捻一個你，再塑一個我。我泥中有你，你泥中有我。我與你生同一個衾，死同一個槨。

20.《漢樂府》〈上邪〉

上邪！我欲與君相知，長命無絕衰。

山無陵，江水為竭，冬雷震震，夏雨雪，天地合，乃敢與君絕。

21. 李之儀〈卜算子〉

我住長江頭，君住長江尾。日日思君不見君，共飲長江水。

此水幾時休，此恨何時已。只願君心似我心，定不負相思意。

22. 《玉臺新詠》〈留別妻〉

結髮為夫妻，恩愛兩不疑。歡娛在今夕，嬿婉及良時。

23. 《詩經．邶風》〈擊鼓〉

死生契闊，與子成說。執子之手，與子偕老。

24. 白居易〈長恨歌〉

在天願作比翼鳥，在地願為連理枝。

25. 歐陽修〈南歌子〉

鳳髻金泥帶，龍紋玉掌梳。走來窗下笑相扶。愛道畫眉深淺、入時無。

弄筆偎人久，描花試手初，等閒妨了繡功夫。笑問雙鴛鴦字、怎生書。

26. 王建〈望夫石〉

望夫處，江悠悠；化為石，不回頭。上頭日日風復雨，行人歸來石應語。

27. 李商隱〈夜雨寄北〉

君問歸期未有期，巴山夜雨漲秋池。何當共剪西窗燭，卻話巴山夜雨時。

虐爆你的相思

1. 蕭衍〈襄陽踏銅蹄歌〉

陌頭征人去，閨中女下機。含情不能言，送別沾羅衣。

2. 唐代〈銅官窑瓷器題詩二十一首之十四〉

君生我未生，我生君已老。君恨我生遲，我恨君生早。

3. 李清照〈醉花陰〉

東籬把酒黃昏後，有暗香盈袖。莫道不銷魂，簾捲西風，人比黃花瘦。

4. 李白〈春思〉

燕草如碧絲，秦桑低綠枝。當君懷歸日，是妾斷腸時。春風不相識，何事入羅幃。

5. 司馬光〈西江月〉

相見爭如不見，多情何似無情。笙歌散後酒初醒，深院月斜人靜。

6. 李白〈怨情〉

美人捲珠簾，深坐顰蛾眉。但見淚痕濕，不知心恨誰。

7. 張泌〈寄人〉

別夢依依到謝家，小廊回合曲闌斜。多情只有春庭月，猶為離人照落花。

8. 辛棄疾〈鷓鴣天〉
晚日寒鴉一片愁。柳塘新綠卻溫柔。若教眼底無離恨，不信人間有白頭。

9. 溫庭筠〈南歌子四首．其二〉
倭墮低梳髻，連娟細掃眉。終日兩相思。為君憔悴盡，百花時。

10. 晏殊〈蝶戀花〉
昨夜西風凋碧樹。獨上高樓，望盡天涯路。欲寄彩箋兼尺素，山長水闊知何處。

11. 白居易〈浪淘沙〉
借問江潮與海水，何似君情與妾心？相恨不如潮有信，相思始覺海非深。

12. 馮小青〈怨〉
新妝竟與畫圖爭，知是昭陽第幾名？瘦影自臨春水照，卿須憐我我憐卿。

13. 李賀〈金銅仙人辭漢歌〉

衰蘭送客咸陽道，天若有情天亦老。攜盤獨出月荒涼，渭城已遠波聲小。

14. 李煜〈相見歡〉

無言獨上西樓，月如鉤。寂寞梧桐深院鎖清秋。

剪不斷，理還亂，是離愁。別是一般滋味在心頭。

15.《古詩十九首》〈涉江採芙蓉〉

涉江採芙蓉，蘭澤多芳草。採之欲遺誰，所思在遠道。

還顧望舊鄉，長路漫浩浩。同心而離居，憂傷以終老。

16. 劉禹錫〈竹枝詞〉

山桃紅花滿上頭，蜀江春水拍山流。

花紅易衰似郎意，水流無限似儂愁。

17. 林逋〈相思令〉

君淚盈。妾淚盈。羅帶同心結未成。江邊潮已平。

18. 曹雪芹〈紅豆詞〉

滴不盡、相思血淚拋紅豆，開不完、春柳春花滿畫樓。睡不穩、紗窗風雨黃昏後，忘不了、新愁與舊愁。咽不下、玉粒金蒓噎滿喉，照不見、菱花鏡裏形容瘦。

19. 魚玄機〈折楊柳〉

朝朝送別泣花鈿，折盡春風楊柳煙。願得西山無樹木，免教人作淚懸懸。

20. 徐再思〈折桂令．春情〉

平生不會相思，才會相思，便害相思。身似浮雲，心如飛絮，氣若遊絲，空一縷餘香在此，盼千金遊子何之。

21. 徐幹〈室思〉

自君之出矣，明鏡暗不治。思君如流水，何有窮已時。

慘慘時節盡，蘭葉復凋零。喟然長嘆息，君期慰我情。

22. 李冠〈蝶戀花〉

桃杏依稀香暗渡。誰在秋千，笑裏輕輕語。一寸相思千萬緒。人間沒個安排處。

23. 納蘭性德〈畫堂春〉

一生一代一雙人，爭教兩處銷魂。相思相望不相親，天為誰春。

24. 杜甫〈新婚別〉

仰視百鳥飛，大小必雙翔。人事多錯迕，與君永相望。

25. 范仲淹〈蘇幕遮〉

黯鄉魂，追旅思。夜夜除非，好夢留人睡。

明月樓高休獨倚，酒入愁腸，化作相思淚。

26. 曹丕〈燕歌行〉

明月皎皎照我牀，星漢西流夜未央。牽牛織女遙相望，爾獨何辜限河梁。

27. 范成大〈車遙遙篇〉

車遙遙，馬憧憧，君游東山東復東，安得奮飛逐西風。

願我如星君如月，夜夜流光相皎潔。

28. 李商隱〈無題〉

相見時難別亦難，東風無力百花殘。春蠶到死絲方盡，蠟炬成灰淚始乾。

29. 張先〈千秋歲〉

天不老，情難絕。心似雙絲網，中有千千結。

30. 歐陽修〈蝶戀花〉

雨橫風狂三月暮，門掩黃昏，無計留春住。淚眼問花花不語，亂紅飛過鞦韆去。

31. 歐陽修〈玉樓春〉

尊前擬把歸期說。未語春容先慘咽。人生自是有情癡，此恨不關風與月。

32. 辛棄疾〈摸魚兒〉

千金縱買相如賦，脈脈此情誰訴。君莫舞。君不見、玉環飛燕皆塵土。

33. 元稹〈寄贈薛濤〉

別後相思隔煙水，菖蒲花發五雲高。

34. 張可久〈塞鴻秋〉

獸爐沉水煙，翠沼殘花片。一行寫入相思傳。

35.
晏幾道〈鷓鴣天〉
雲渺渺，水茫茫。徵人歸路許多長。相思本是無憑語，莫向花箋費淚行。

36.
李清照〈一剪梅〉
花自飄零水自流。一種相思，兩處閒愁。此情無計可消除，才下眉頭，卻上心頭。

37.
韋莊〈應天長〉
別來半歲音書絕，一寸離腸千萬結。難相見、易相別，又是玉樓花似雪。

38.
李白〈秋風詞〉
入我相思門，知我相思苦，長相思兮長相憶，短相思兮無窮極。
早知如此絆人心，何如當初莫相識。

39.
溫庭筠〈更漏子〉
梧桐樹，三更雨，不道離情正苦。一葉葉，一聲聲，空階滴到明。

40. 歐陽修〈生查子〉

去年元夜時，花市燈如晝。月上柳梢頭，人約黃昏後。

今年元夜時，花與燈依舊。不見去年人，淚滿春衫袖。

41. 杜牧〈贈別〉

多情卻似總無情，惟覺樽前笑不成。蠟燭有心還惜別，替人垂淚到天明。

42. 溫庭筠〈夢江南〉

梳洗罷，獨倚望江樓。過盡千帆皆不是，斜暉脈脈水悠悠，腸斷白蘋洲。

43. 張九齡〈望月懷古〉

海上生明月，天涯共此時。情人怨遙夜，竟夕起相思。

44. 朱淑真〈菩薩蠻〉

山亭水榭秋方半，鳳幃寂寞無人伴。愁悶一番新，雙蛾只舊顰。
起來臨繡戶，時有疏螢度。多謝月相憐，今宵不忍圓。

45. 李清照〈點絳唇〉
寂寞深閨，柔腸一寸愁千縷。惜春春去。幾點催花雨。

46. 李益〈寫情〉
水紋珍簟思悠悠，千里佳期一夕休。從此無心愛良夜，任他明月下西樓。

47. 張先〈定風波〉
素藕抽條未放蓮，晚蠶將繭不成眠。若比相思如亂絮。何異。兩心俱被暗絲牽。

48. 李治〈相思怨〉
人道海水深，不抵相思半。海水尚有涯，相思渺無畔。

49. 元好問〈摸魚兒〉

問世間，情是何物，直教生死相許？

有情無緣長相守

1. 卓文君〈白頭吟〉

皚如山上雪，皎若雲間月。聞君有兩意，故來相決絕。

今日斗酒會，明旦溝水頭。躞蹀御溝上，溝水東西流。

淒淒復淒淒，嫁娶不須啼。願得一心人，白首不相離。

竹竿何裊裊，魚尾何簁簁！男兒重意氣，何用錢刀為！

2. 張籍〈節婦吟〉

知君用心如日月，事夫誓擬同生死。

還君明珠雙淚垂，恨不相逢未嫁時。

3. 曹植〈七哀〉
君若清路塵，妾若濁水泥；浮沉各異勢，會合何時諧。

4. 李商隱〈無題〉
昨夜星辰昨夜風，畫樓西畔桂堂東。
身無彩鳳雙飛翼，心有靈犀一點通。
隔座送鉤春酒暖，分曹射覆蠟燈紅。
嗟余聽鼓應官去，走馬蘭臺類轉蓬。

5. 崔護〈題都城南莊〉
去年今日此門中，人面桃花相映紅。人面不知何處去，桃花依舊笑春風。

6. 周邦彥〈玉樓春〉
桃溪不作從容住，秋藕絕來無續處。當時相候赤闌橋，今日獨尋黃葉路。

7. 李煜〈烏夜啼〉

林花謝了春紅，太匆匆。無奈朝來寒雨晚來風。胭脂淚，相留醉，幾時重。自是人生長恨水長東。

8. 秦觀〈鵲橋仙〉

柔情似水，佳期如夢，忍顧鵲橋歸路。兩情若是久長時，又豈在朝朝暮暮。

9. 白居易〈長恨歌〉

天長地久有時盡，此恨綿綿無絕期。

10. 李商隱〈錦瑟〉

滄海月明珠有淚，藍田日暖玉生煙。此情可待成追憶，只是當時已惘然。

11. 盧仝〈有所思〉

美人兮美人，不知為暮雨兮為朝雲。相思一夜梅花發，忽到窗前疑是君。

12.

陸游〈釵頭鳳〉

紅酥手。黃縢酒。滿城春色宮牆柳。東風惡。歡情薄。

一懷愁緒，幾年離索。錯錯錯。

13.

溫庭筠〈菩薩蠻〉

照花前後鏡，花面交相映。新帖繡羅襦，雙雙金鷓鴣。

14.

蘇軾〈江城子〉

十年生死兩茫茫，不思量，自難忘。千里孤墳，無處話淒涼。

縱使相逢應不識，塵滿面，鬢如霜。

夜來幽夢忽還鄉，小軒窗，正梳妝。相顧無言，惟有淚千行。

料得年年腸斷處，明月夜，短松岡。

15.

元稹〈離思〉之四

曾經滄海難為水，除卻巫山不是雲。取次花叢懶回顧，半緣修道半緣君。

16. 納蘭性德〈浣溪沙〉

誰念西風獨自涼，蕭蕭黃葉閉疏窗。沉思往事立殘陽。

被酒莫驚春睡重，賭書消得潑茶香。當時只道是尋常。

17. 納蘭性德〈山花子〉

人到情多情轉薄，而今真個悔多情。又到斷腸回首處，淚偷零。

18. 賀鑄〈半死桐〉

原上草，露初晞。舊栖新壟兩依依。空床臥聽南窗雨，誰復挑燈夜補衣。

19. 陸游〈沈園〉

城上斜陽畫角哀，沈園非復舊池臺，傷心橋下春波綠，曾是驚鴻照影來。

20. 戴復古〈木蘭花慢〉

蘭皋新漲綠溶溶。流恨落花紅。念著破春衫，當時送別，燈下裁縫。

相思謾然自苦，算雲煙、過眼總成空。落日楚天無際，憑欄目送飛鴻。

21. 商景蘭〈悼亡〉

鳳凰何處散，琴斷楚江聲。自古悲荀息，於今弔屈平。

皂囊百歲恨，青簡一朝名。碧血終難化，長號擬墮城。

22. 元稹〈遣悲懷〉

同穴窅冥何所望，他生緣會更難期。惟將終夜長開眼，報答平生未展眉。

23. 納蘭性德〈採桑子．詠春雨〉

情知此後來無計，強說歡期。一別如斯，落盡梨花月又西。

24. 陸游〈春遊〉

沈家園裡花如錦，半是當年識放翁；也信美人終作土，不堪幽夢太匆匆。

各界好評推薦

丁威仁　國立清華大學華文文學研究所所長
于賢華　新北市立淡水高級商工職業學校校長
王瑞貞　臺北市教師會教學部主任
王亞灣　2Plus 桌遊設計執行長
安納金　暢銷財經作家
李政憲　新北市林口國中教師／教育部一〇八年師鐸獎得主／藝數摺學FB社團創辦人
李彥甫　聯合數位文創公司董事長
李雅雯　臺中市至善國中老師
李貞慧　作家／閱讀推廣人
呂聰賢　新北市昌福國小／作家／教育部一〇八年師鐸獎得主
余懷瑾　暢銷作家／臺北市立萬芳高中老師

吳宜蓉　作家／高雄市陽明國中老師

吳勇宏　國立宜蘭高中國文老師

吳昌諭　新竹市教育處課程督學

林啟屏　政大中文系特聘教授

林志欣　國立二林工商輔導教師

林佳慧　雲林縣正心中學校長

侯惠澤　臺灣科大特聘教授

凌明玉　作家

徐仁斌　苗栗縣立大同高中圖書館主任

徐銘謙　臺灣千里步道協會副執行長

倫雅文　中華基督教會協和小學（長沙灣）圖書館主任

張永慶　馬來西亞波德申中華中學校長

張仁澤　嘉義市立民生國民中學主任

張青松　臺北市立中正高級中學國文科教師

范熾文　國立東華大學教育學院院長

邱奕霖　視覺化教練

黃之盈　心理諮商師／作家

黃毅娟　香港學校圖書館主任協會會長／嗇色園主辦可立小學圖書館主任
黃秋琴　桃園市立龍潭國民中學教務主任
黃麗禎　國立臺灣師範大學附屬高級中學老師
曾惠君　雲林縣政府文化觀光處圖書資訊科科長
曾慧媚　新北市立丹鳳高級中學校長
曾碩彥　新北市立海山高級中學教務主任
曾明騰　暢銷作家／臺中市龍津高中老師
莊作彬　國立屏東大學圖書館館長
莊琇鳳　馬來西亞亞羅士打吉華獨立中學校長
莊典亮　彰化縣成功國小老師
楊鵬耀　國立花蓮高中校長
楊明獻　苗栗縣大湖國中輔導主任
趙胤丞　《拆解考試的技術》作者／知名企管講師
溫美玉　「溫老師備課 Party」創始人
劉奕酉　《高產出的本事》作者
陳聖智　國立政治大學傳播學院專任副教授
陳茂松　臺中市立北新國民中學學務主任／臺中市閱讀輔導團兼任輔導員

陳清圳　雲林縣樟湖生態國民中小學校長
陳玄謀　新北市樹林區樹林國小校長
陳昭珍　國立臺灣師範大學圖書資訊研究所優聘教授
陳志銳　南洋理工大學／新加坡國立教育學院副教授
陳志强　雙溪大年新民獨中校長
陳志洪　國立臺灣師範大學資訊教育研究所教授
陳麗雲　暢銷作家／國立臺北教育大學語文與創作學系兼任講師
陳瑛姍　新北市立新店高中校長
賴秋江　作家／桌遊設計者／國小教師
賴來展　新北市立金山高級中學校長
蔣錦繡　國文教師／詩人
鄭淑華老師　香港翻轉教學協會副會長
嚴忠政　作家／詩人

國家圖書館出版品預行編目資料

談情說愛，古人超有哏 / 宋怡慧 著. -- 初版. --
臺北市：平安文化, 2021.1　面；公分. --
(平安叢書；第0670種)（致知；4）

1.中國文學　2.文學評論　3.古代

ISBN 978-957-9314-86-2（平裝）

820.7　　109019369

平安叢書第0670種

致知 4

談情說愛，古人超有哏

作　　者—宋怡慧
發 行 人—平　雲
出版發行—平安文化有限公司
台北市敦化北路120巷50號
電話◎02-2716-8888
郵撥帳號◎18420815號
皇冠出版社(香港)有限公司
香港銅鑼灣道180號百樂商業中心
19字樓 1903室
電話◎2529-1778　傳真◎2527-0904
責任編輯—張懿祥
美術設計—嚴昱琳
著作完成日期—2020年
初版一刷日期—2021年1月
初版五刷日期—2024年5月
法律顧問—王惠光律師
有著作權・翻印必究
如有破損或裝訂錯誤，請寄回本社更換
讀者服務傳真專線◎02-27150507
電腦編號◎570004
ISBN◎978-957-9314-86-2
Printed in Taiwan
本書定價◎新台幣360元/港幣120元

● 皇冠讀樂網：www.crown.com.tw
● 皇冠 Facebook：www.facebook.com/crownbook
● 皇冠 Instagram：www.instagram.com/crownbook1954/
● 皇冠蝦皮商城：shopee.tw/crown_tw